W9-CHY-253

CONELY BRANCH LIBRARY
4600 MARTIN
DETROIT, MI 48210
(313) 224-6461

RELEASE DETROIT PUBLIC LIBRARY

# TENTACIONES Y SECRETOS

BARBARA DUNLOP

 HARLEQUIN™

SEP - 6 2019

Editado por Harlequin Ibérica.
Una división de HarperCollins Ibérica, S.A.
Núñez de Balboa, 56
28001 Madrid

© 2018 Barbara Dunlop
© 2018 Harlequin Ibérica, una división de HarperCollins Ibérica, S.A.
Tentaciones y secretos, n.º 154 - 21.6.18
Título original: His Temptation, Her Secret
Publicada originalmente por Harlequin Enterprises, Ltd.

Todos los derechos están reservados incluidos los de reproducción, total
o parcial. Esta edición ha sido publicada con autorización de Harlequin
Books S.A.
Esta es una obra de ficción. Nombres, caracteres, lugares, y situaciones
son producto de la imaginación del autor o son utilizados ficticiamente,
y cualquier parecido con personas, vivas o muertas, establecimientos
de negocios (comerciales), hechos o situaciones son pura coincidencia.
® Harlequin, Harlequin Deseo y logotipo Harlequin son marcas
registradas por Harlequin Enterprises Limited.
® y ™ son marcas registradas por Harlequin Enterprises Limited y sus
filiales, utilizadas con licencia. Las marcas que lleven ® están
registradas en la Oficina Española de Patentes y Marcas y en otros
países.
Imagen de cubierta utilizada con permiso de Harlequin Enterprises
Limited y Dreamstime.com. Todos los derechos están reservados.

I.S.B.N.: 978-84-9188-091-2
Depósito legal: M-10369-2018
Impresión en CPI (Barcelona)
Fecha impresion para Argentina: 18.12.18
Distribuidor exclusivo para España: LOGISTA
Distribuidor para México: Distibuidora Intermex, S.A. de C.V.
Distribuidores para Argentina: Interior, DGP, S.A. Alvarado 2118.
Cap. Fed./Buenos Aires y Gran Buenos Aires, VACCARO HNOS.

# Capítulo Uno

Mientras los recién casados comenzaban a bailar en el lujoso Crystal Club de Beacon Hill, T.J. Bauer intentó apartar de su mente los recuerdos de su boda. Hacía más de dos años que Laura había muerto y había días en que aceptaba su pérdida con relativa serenidad. Sin embargo, había otros, como aquel, en que el dolor era intenso y la soledad le oprimía el pecho.

–¿Estás bien? –Caleb Watford se le acercó y le dio un whisky con un solo cubito de hielo, como a T.J. le gustaba.

–Muy bien.

–No seas mentiroso.

T.J. no tenía intención de ahondar en el asunto, así que indicó la pista de baile con un gesto de la cabeza.

–Matt es un tipo afortunado.

–Estoy de acuerdo.

–Se lanzó sin estar seguro –T.J. se obligó a no seguir pensando en Lauren y recordó la frenética proposición de matrimonio, sin tener el anillo de compromiso, que su buen amigo Matt Emerson había hecho a Tasha, cuando esta tenía las maletas a su lado porque estaba a punto de marcharse–. Creí que ella iba a rechazarlo.

–Al final, todo salió bien –Caleb sonrió.

T.J. lo imitó. Estaba verdaderamente contento de que su amigo hubiera encontrado el amor. Tasha era inteligente, hermosa y muy práctica. Era justamente lo que Matt necesitaba.

–Tú serás el siguiente –afirmó Caleb dando una palmada en el hombro a su amigo.

–No.

–Tienes que estar abierto a nuevas posibilidades.

–¿Tú remplazarías a Jules?

Caleb no contestó.

–Era justo lo que pensaba.

–Es fácil decir que no cuando la tengo frente a mí.

Los dos miraron a Jules, la esposa de Caleb. Estaba radiante tras el nacimiento de sus dos hijas gemelas, tres meses antes. En aquel momento se reía de algo que le había dicho Noah, su cuñado.

–Es duro –dijo T.J. esforzándose en expresar sus emociones en palabras. Le gustaban los hechos, no las emociones–. No es que no lo intente, pero siempre vuelvo a Lauren.

En el plano intelectual, T.J. sabía que Lauren no iba a regresar, así como que ella hubiera querido que él siguiera adelante. Pero ella había sido su único y verdadero amor y no se imaginaba a nadie ocupando su lugar.

–Date más tiempo –añadió Caleb.

–No me queda más remedio –comentó T.J. en tono irónico. El tiempo seguiría pasando lo quisiese o no.

4

La canción terminó y Matt y Tasha se acercaron a ellos sonriendo. La falda de tul de ella flotaba sobre el suelo. T.J. nunca pensó que vería a la mecánico de barcos vestida de novia.

–Baila con la novia –le dijo ella al tiempo que lo tomaba del brazo.

–Será un honor –contestó T.J. Era el padrino, por lo que sonrió y dejó el vaso, dispuesto a guardar sus melancólicos pensamientos para sí mismo.

–¿Va todo bien? –preguntó ella mientras entraban en la pista de baile. Otras parejas se les unieron y la pista se llenó rápidamente.

–De maravilla.

–He visto tu expresión mientras hablabas con Caleb. ¿Qué te pasa, T.J.?

–Nada. Bueno, una cosa: estoy un poco celoso de Matt.

–Menuda mentira.

–Mírate, Tasha. Todos los hombres que están aquí están celosos de él –ella negó con la cabeza al tiempo que se reía–. Salvo Caleb –añadió T.J.–. Y los demás hombres casados. Bueno, algunos de ellos.

–Eso sí que ha sido un piropo.

–Me he pasado un poco, ¿verdad? Lo que quiero decir es que estás radiante vestida de novia.

–Solo por poco tiempo.

Esa vez fue él quien rio.

–Apenas puedo respirar con el corsé, por no hablar de los zapatos de tacón. Si hay una emergencia y tenemos que salir corriendo, alguien me tendrá que llevar en brazos.

–Estoy seguro de que Matt lo hará muy gustoso.

Ella miró a su esposo, arrobada. T.J. sintió una punzada de envidia ante la devoción que se profesaban.

–Tu madre está encantada con esta boda tan elegante –afirmó.

–Estoy cumpliendo con mi deber de hija. Pero ya he prevenido a Matt de que esta va a ser la última vez que me verá con un vestido.

A T.J. le vibró el móvil en el bolsillo del esmoquin.

–Contesta –dijo ella.

–No hay nadie con quien tenga que hablar ahora.

–¿Y si es uno de tus inversores?

–Es sábado por la noche.

–En Australia es domingo por la mañana.

–Tampoco allí es un día laborable –T.J. no estaba dispuesto a interrumpir el banquete nupcial por negocios.

El teléfono dejó de vibrar.

–¿Lo ves? Ya ha parado –dijo él.

Pero volvió a vibrar.

–Debes contestar, T.J. –dijo ella dejando de bailar–. O, al menos, mira quién llama.

–Nadie más importante que Matt y tú –afirmó él empujándola suavemente para que bailara.

–Podría tratarse de una emergencia.

–Muy bien –T.J. no iba a ponerse a discutir con la novia en medio de la pista de baile. Sacó el móvil discretamente mientras seguían bailando. Se quedó sorprendido al ver que lo llamaban del hospital St. Bea's de Seattle. Supuso que sería para pedirle una donación.

—¿Quién es?

—Llaman del hospital St. Bea's.

—Puede ser que alguien haya sufrido un accidente —observó ella con expresión preocupada.

—No sé por qué iban a llevarlo allí.

Conocía a algunas personas en Seattle, pero la mayor parte de sus amigos se hallaba en Whiskey Bay y en Olympia, la ciudad más cercana. Y en ella no había nadie que fuera a llamarlo en caso de emergencia.

—Será mejor que llames —dijo Tasha al tiempo que lo agarraba del brazo para sacarlo de la pista—. No me tengas preocupada.

—De acuerdo —T.J. accedió, aunque no le hacía ninguna gracia que el baile se interrumpiera por él. Ella se apartó para darle intimidad. Él siguió andando hacia el vestíbulo, donde el sonido de la música no era tan fuerte. Pulsó la tecla de llamada.

—Hospital St. Bea's, oncología —contestó una voz femenina.

¿Oncología? ¿Alguien tenía cáncer?

—Soy Travis Bauer. Me han llamado de este número.

—Si, señor Bauer. Le paso con la doctora Stannis.

T.J. esperó unos segundos sin saber si debía angustiarse o sentir curiosidad.

—¿Señor Bauer? Soy la doctora Shelley Stannis. Trabajo en la sección de trasplantes oncológicos.

—¿Se trata de una donación de médula? —preguntó T.J. Se le acababa de ocurrir, ya que estaba inscrito como donante.

—Sí. Gracias por llamar tan deprisa. Como es

7

evidente, ya poseo información sobre usted por el registro. Tenemos a un niño con leucemia que es compatible con usted. Si puede venir a la consulta, querría hacerle unas pruebas.

–¿Cuántos años tiene?

–Nueve.

–¿Cuándo necesita que vaya? Estoy en Boston.

–Si fuera posible, señor Bauer, querríamos hacer las pruebas mañana. Como se imaginará, su madre está muy ansiosa y tiene la esperanza de que usted sea compatible con su hijo.

–Allí estaré. Y, por favor, llámeme T.J.

–Muchas gracias, T.J.

–De nada. Hasta mañana.

–¿Todo bien? –preguntó Matt, que se le había acercado.

–Muy bien, esperemos. Tal vez tenga que donar médula a un niño de nueve años en Seattle. Lamento tener que marcharme.

–¡Vete! –exclamó Matt–. Ve a salvarle la vida.

T.J. llamó a una empresa de alquiler de aviones que había utilizado tiempo atrás. No quería tener problemas con los billetes cuando un niño y su madre estaban esperándolo. Y podía permitirse el gasto. Había momentos en la vida en que era muy conveniente ser inmensamente rico.


Sage Costas recorrió el pasillo del hospital St. Bea's con un nudo en el estómago mientras Eli, su hijo, se sometía a una serie de pruebas cuyo diagnóstico había sido un tipo de leucemia muy agresivo. Se preguntó cuánto estrés podía soportar el cuerpo humano sin desmoronarse.

Apenas había dormido aquella semana y no había pegado ojo la noche anterior. Se había obligado a ducharse esa mañana y a maquillarse levemente porque quería causar buena impresión. Le aterrorizaba la idea de que el donante se echara atrás.

Lo veía desde allí, por la ventana de la consulta, hablando con la doctora Stannis. Tenía que ser él. Se detuvo ante la puerta y tragó saliva. Había rogado con todas sus fuerzas que llegara ese momento. Había mucho en juego, y no estaba segura de poder resistir que el proceso no siguiera adelante.

Abrió la puerta y entró. La doctora se dirigió inmediatamente hacia ella.

–Hola, Sage.

El hombre se volvió y la miró desconcertado.

–¿Sage? ¿Eres tú? –preguntó avanzando hacia ella.

Sage sintió que la vista se le volvía borrosa.

–¿Sage? –la doctora la agarró del brazo.

La habitación comenzó a darle vueltas hasta que la vista se le aclaró.

Él seguía allí.

–Estoy bien –consiguió decir.

–¿Conoces a T.J. Bauer? –preguntó la doctora, claramente intrigada.

–Fuimos a la misma escuela de secundaria.

¿Cómo podía estar sucediendo aquello?

–¿Es tu hijo el que está enfermo? Lo siento, Sage –dijo T.J. A continuación frunció el ceño y ella se dio cuenta de que estaba haciendo cálculos.

–¿Ha dicho que tenía nueve años? –preguntó a la doctora.

–Sí.

–¿Y que probablemente yo sea un donante compatible?

Sage intentó tragar saliva, pero tenía la garganta tan seca como el papel de lija.

Los ojos de T.J. pasaron del azul a un gris tormentoso.

–¿Es hijo mío?

Lo único que pudo hacer Sage fue asentir.

La doctora se quedó inmóvil. El mundo se detuvo.

–Lo mejor será que nos sentemos –dijo la doctora apretando el brazo a Sage.

–¿Tengo un hijo? –preguntó T.J. con voz ronca–. ¿Te quedaste embarazada?

Sage intentó hablar, sin conseguirlo.

–¿Y no me lo dijiste?

–Sería mejor que nos… –intentó decir la doctora.

La amargura pudo con el miedo de Sage, que gritó:

–No merecías saberlo.

–Sage… –dijo la doctora en tono sorprendido.

Esta se dio cuenta inmediatamente de su error. La vida de Elis dependía de la buena voluntad del hombre que la había engañado y mentido y que se había aprovechado de su ingenuidad de adolescente para divertir a sus amigos. Lo odiaba, pero podía salvarle la vida a su hijo.

–Lo siento –dijo intentando parecer sincera. Al

ver la expresión de T.J. se dio cuenta de que no lo había conseguido—. Por favor, no te desquites con Eli.

Él la miró atónito y masculló un juramento.

—Crees que haría daño a un niño, a mi propio hijo. ¿Crees que voy a tomar la decisión de donar influido por la ira? ¿Qué clase de hombre piensas que soy?

Ella no lo sabía. Sabía qué clase de adolescente había sido: egoísta y sin escrúpulos. No tenía motivos para suponer que hubiera cambiado.

—No lo sé.

—¿Cuándo estará segura de que soy compatible? —preguntó T.J. a la doctora.

—Dentro de unos días. Sin embargo, dada la relación genética, soy todavía más optimista.

—Ha sido un golpe de suerte —afirmó él.

—¿Estás segura de que estás bien? —preguntó la doctora a Sage mirándola a los ojos.

—Sí —T.J. iba ayudarlos. Ya se preocuparía después de lo demás. Lo único que importaba, de momento, era el trasplante de médula.

—Les dejo solos para que hablen —dijo la doctora antes de marcharse.

T.J. habló con furia contenida.

—No voy a preguntarte cómo pudiste hacer algo tan horroroso.

—¿Yo? Tú estabas allí y sabes perfectamente lo que pasó entre nosotros.

—Aquello fue la broma estúpida de un chaval ignorante. Hemos madurado desde entonces. Tú hace casi una década que lo sabes.

—Eras un idiota superficial y egoísta.

11

–No quiero pelearme contigo, Sage. Esta conversación puede esperar. Lo que ahora quiero es conocer a mi hijo.

Sage se tambaleó y se agarró a un sillón.

–No.

–¿Cómo que no? No puedes negarte.

–No puedes contárselo mientras esté tan enfermo –extendió el brazo hacia la puerta señalando el hospital–. No podemos esperar que asimile una noticia así en medio de todo esto.

T.J. pareció reflexionar sobre sus palabras. Su expresión se dulcificó.

–Tengo que conocerlo, Sage. No hace falta que le digamos que soy su padre, al menos ahora mismo. Pero quiero conocerlo. No estoy dispuesto a esperar ni un minuto más.

–De acuerdo.

–¿Se llama Eli?

–Sí, Eli Thomas Costas.

–Llévame a verlo –dijo él al tiempo que se dirigía a la puerta, la abría y la sostenía para que ella saliera.


–Un momento, un momento –dijo Matt a T.J.–. ¿Dices que tiene nueve años?

–Yo estaba en el instituto –contestó T.J. Había una cerveza en el brazo de su hamaca, en la azotea del edificio del puerto deportivo de Whiskey Bay, propiedad de Matt, pero no había bebido de ella.

–Entonces, fue antes de que conocieras a Lauren –observó Caleb.

–No engañé a Lauren –dijo T.J. en tono duro.

–Solo intento establecer el orden cronológico.

–Fue una aventura de una noche, en una fiesta del instituto. Bailamos.

T.J. no quería reconocer su participación en la broma que lo había impulsado a sacar a bailar a Sage Costas, la empollona de la clase. Al menos, mientras pudiera seguirlo ocultando.

–¿Y no te había contado lo del bebé? –preguntó Matt.

–Supongo que es una pregunta retórica –respondió T.J. Si Sage le hubiera hablado de Eli, hubiera removido cielo y tierra para relacionarse con él. Su propio padre se había marchado antes de que él naciera, y no estaba dispuesto a hacer lo mismo con un hijo suyo.

–¿Cómo es? –preguntó Caleb.

T.J. recordó al niño soñoliento acostado en la cama del hospital, demasiado cansado para hacer algo más que saludarlo.

–Es muy guapo.

–¿Como su padre? –preguntó Matt en broma.

T.J. mentiría si afirmaba no haber visto algo de él en Eli.

–Si tiene el cerebro de su madre, más vale que el mundo se ande con cuidado –Eli tenía una madre de una fantástica inteligencia.

–¿Cuándo vas a decírselo? –preguntó Matt.

–No lo sé –contestó T.J. al tiempo que decidía que ya era hora de tomar algo de alcohol. Levantó la cerveza y le dio un trago–. Supongo que cuando se sienta mejor. Dicen que los resultados de las pruebas tardarán un par de días. Tengo tres contratos que cerrar antes de volver a Seattle. Pase lo que pase, tanto si somos compatibles como si no, es mi hijo y va a recibir la mejor atención médica que se pueda pagar.

Pero el dinero no era lo único que necesitaba su hijo. T.J. no sabía lo que haría si no era un donante compatible. No podía ni imaginárselo.

–¿Hablaste con él? –preguntó Caleb.

–Solo un poco. Estaba atontado por la medicación. Sage me ha dicho que juega al béisbol.

–¿Has hablado con un abogado? –preguntó Matt.

–He hablado con tres –Tide Rush Investments, la empresa de T.J., tenía contratados los servicios de un abogado financiero, en cuyo bufete había abogados de familia.

–¿Y qué dicen?

–Que tengo posibilidades.

–¿Qué esperas conseguir? –preguntó Matt–. ¿Qué te ha ofrecido ella?

–Ella ha tenido la custodia durante nueve años. Yo la quiero los nueve años siguientes.

Caleb frunció el ceño.

–No puedes ponerte duro –comentó Matt.

–Un adolescente necesita a su padre. Yo hubiera dado cualquier cosa por tener a mi padre cuando tenía la edad de Eli –afirmó T.J. Tenía que recuperar el tiempo perdido, por lo que no iba a consentir que ni Sage ni nadie se lo impidieran.

–También necesita a su madre –apuntó Caleb.

–Tendrá derecho a verlo. Es más de lo que ella me ha concedido.

–¿Te trasladarías a Seattle?

–La escuela de Whiskey Bay es excelente, al igual que el hospital. Y la forma de vida es insuperable –no se imaginaba un lugar mejor para criar a un hijo.

–Los vecinos son estupendos –apuntó Caleb sonriendo.

–Y no es que no tenga sitio –observó T.J.

Lauren quería haber tenido muchos hijos, por lo que había diseñado una casa de seis dormitorios, con una zona enorme de juegos en el sótano para los días de lluvia y una habitación para la niñera encima del garaje. Estaba intentando quedarse embarazada cuando le diagnosticaron el cáncer de mama.

–No creo que vaya a ser tan sencillo –dijo Matt.

–Nada lo es. Sin embargo, soy un hombre resuelto y tengo muchos recursos.

–Es la madre de tu hijo.

–Y yo su padre, algo que ella ha pasado por alto.

–¿Sabes por qué no te lo dijo? –preguntó Caleb–. Podía haber recurrido a ti para pedirte dinero para mantenerlo. Sería lógico que te hubiera pedido ayuda.

T.J. sabía que la verdad acabaría por salir a la luz. Sus amigos eran astutos y lo apreciaban mucho, por lo que no se conformarían con explicaciones vagas. Así que decidió hablar.

–Me ha dicho que no me merecía saber que tenía un hijo.

–¿Por qué?

–Porque fue una broma.

Sus dos amigos lo miraron sin comprender.

–Fue en una fiesta de la escuela –a T.J. le rechinaron los dientes al recordarlo–. Un grupo de los chicos del equipo de fútbol sacamos un papel de un sombrero con el nombre de una chica. A mí me toco el de Sage.

–Supongo que no eran las chicas del grupo de animadoras del equipo –comentó Matt. Su tono reveló que T.J. lo había decepcionado.

–No, eran las empollonas, las cerebritos. Solo iba a ser un beso y un baile. Pero Sage…

Recordó el poder de las hormonas adolescentes. No supo qué había pasado. Sage era delgada, pelirroja y con pecas. Pero cuando la besó, ella le devolvió el beso y los dos se quedaron sin aliento. T.J. tenía el coche muy cerca y acabaron en el asiento trasero.

–El resto nos lo imaginamos –dijo Caleb.

–La busqué al día siguiente para disculparme, pero ella ya se había enterado de la broma. Estaba furiosa y me dio un puñetazo en el pecho. Me dijo que no quería volver a hablar conmigo.

–No es de extrañar –comentó Matt.

–Sé que me comporté de forma estúpida y cruel. Sin embargo, lo único que pretendía era besarla. Lo demás fue obra de los dos. Y ella me ha estado ocultando la existencia de mi hijo durante nueve años. No se pueden comparar las dos cosas.

# *Capítulo Dos*

Una semana más tarde, pocas horas después del trasplante, Sage esperaba hallar a T.J. acostado en su cama del hospital. Sin embargo, se había levantado y estaba poniéndose una camisa.

–¿Cómo es que estás levantado?

–La enfermera me acaba de quitar el suero.

–Pero estás recién operado.

–Lo sé.

–Estarás dolorido –Sage no entendía que se hubiera recuperado tan deprisa.

–Solo me duele la cadera, pero la doctora Stannis me ha dicho que se me pasará en unos días. Quedarme aquí no va a ayudarme.

–¿Puedes conducir? –Sage no sabía dónde se alojaba, pero quería asegurarse de que llegara bien al hotel. Era lo mínimo que podía hacer por quien había salvado a su hijo.

–No me han servido alcohol en el quirófano.

–Sabes a lo que me refiero. Debes de estar atontado.

–No demasiado –T.J. terminó de abotonarse la camisa.

–Siento haberte hecho pasar por esto –Sage se esforzó en contener la emoción–. Gracias, T.J.

Él la miró con dureza durante unos segundos.

–No tienes que dármelas. Es mi hijo. No me agradezcas que lo haya ayudado.

A ella le sería difícil acostumbrarse a eso. Había tenido a Eli para ella sola durante tanto tiempo que no concebía que otra persona pudiera entrar a formar parte de su relación.

–Necesito que lo entiendas, Sage.

–Tendrás que darme tiempo.

–Ya he perdido nueve años –T.J. descolgó una americana gris de una percha que había en la pared y se la puso.

A Sage le daba miedo preguntarle qué pensaba hacer. No quería hablar de eso.

–Eli está en observación por si hay señales de rechazo.

–¿Las ha habido? –preguntó él.

–Es demasiado pronto para saberlo. ¿Te vas a quedar a dormir en Seattle?

–Me quedaré todo el tiempo que haga falta –contestó él volviendo a mirarla con dureza.

–¿Que haga falta para qué?

Él le dio la espalda, marcó el código de apertura de una pequeña caja fuerte empotrada en la pared y sacó la cartera y las llaves. Se guardó la primera y se quedó con las llaves en la mano mientras se volvía de nuevo hacia ella.

–He estado pensando y quiero trasladar a Eli al hospital Highside.

–¿Qué? ¿Dónde?

–Está cerca de Whiskey Bay. Tiene todos los últimos…

–No.

18

–Escúchame.

Se había despertado en ella el instinto de protección de su hijo, así como un gran temor.

–No vas a llevarte a Eli de Seattle.

–Es el mejor sitio para él. Llevo años haciendo donaciones al Highside. Tiene los mejores médicos y la mejor tecnología. Eli estaría…

–St. Bea's es un hospital excelente.

–Es público.

–¿Y qué?

–Pues que el personal está sobrecargado de trabajo y escaso de recursos.

–A Eli le han dado todo lo que necesita. Lo diagnosticaron y, además, te encontraron.

–Yo estaba en el registro de donantes. Cualquier hospital me hubiera hallado.

–No quiero que lo trasladen –necesitaba estar cerca de su hijo durante la convalecencia.

Whiskey Bay estaba a tres horas en coche. Había perdido tantas horas laborales las semanas anteriores que no podía tomarse muchas más. Su intención era trabajar el mayor número de horas posible mientras Eli se recuperaba.

–Dejará libre una cama para alguien que verdaderamente la necesite –apuntó T.J.

–Te he dicho que no.

–Soy su padre.

–No se le puede trasladar todavía –insistió Sage al darse cuenta de que el argumento médico era el mejor.

–No estoy hablando de hoy ni de mañana. Cuando haya recuperado las fuerzas, podemos alquilar un helicóptero. Tardaremos en llegar media hora como máximo.

—¿Vas a alquilar un helicóptero así como así?

—Es rápido y cómodo. Llevará personal médico a bordo.

—Costará una fortuna.

Él la miró sin comprender.

—Estamos hablando de mi hijo.

A ella le pareció que habían vuelto al instituto.

—Sigues siendo el hombre importante, ¿verdad? La estrella del atletismo, el tipo que conseguía todo lo que deseaba: becas, ayudas, las mejores fiestas y a todas las chicas.

—No voy a disculparme por tener una carrera universitaria.

Sage notó que un puñal le atravesaba el corazón. Ella había tenido que renunciar a innumerables becas para criar a Eli.

—He ganado dinero y voy a gastármelo en mi hijo –concluyó T.J.

—Tu hijo no lo necesita.

—¿Vas a enfrentarte a mí por este asunto?

Ella estaba a punto de responder afirmativamente cuando apareció la doctora Stannis, que miró de arriba abajo a T.J. y sonrió.

—Qué rápida recuperación.

—He pasado por cosas peores –dijo él–. ¿Cómo está Eli?

—Sigue en observación. Lo tendremos así varias horas más. ¿Está dispuesto a que le demos el alta?

—Por supuesto. ¿Cuándo podremos verlo?

—Esta noche –la doctora consultó su reloj–. Sobre las nueve. Pero estará muy atontado hasta mañana.

–Volveremos a las nueve.

Sage intentó decir que no iba a marcharse.

–Beba mucho líquido –le recomendó la doctora a T.J.

–¿Hay un buen restaurante por aquí cerca?

Sage tardó unos segundos en darse cuenta de que la pregunta iba dirigida a ella.

–No estoy segura –él la miró perplejo, pero ella no iba a explicar a aquel millonario que solía traerse comida de casa para ahorrar y no tener que comer en la cafetería, por no hablar de un restaurante.

–El Red Grill está al final de la calle –comentó la doctora.

–Hecho –dijo T.J. Indicó a Sage que lo precediera–. Te invito a cenar.

–Tomen líquidos, los dos –la doctora le había comentado a Sage que había perdido peso.

–¿Cuenta un buen vino? –preguntó T.J. con una sonrisa.

–Solo con moderación. Son mejores el agua y el té. Y asegúrese de que Sage coma.

–¿Algo en especial? –preguntó él mirando con curiosidad a Sage.

–Calorías.

–Una lasaña, entonces –afirmó él.

–No me gusta –dijo ella. No era verdad, pero estaba alterada por el propósito de T.J. de trasladar a Eli y por su manera de organizarle la cena.

–Pues pide otra cosa. Estás un poco delgada.

–No estoy delgada –aseguró ella sin tener en

21

cuenta que los vaqueros que llevaba puestos le bailaban en la cintura.

–No era mi intención insultarte.

–Me da igual lo que pienses de mí.

–Hasta luego –intervino la doctora.

–Gracias, doctora –T.J. le estrechó la mano. Sage lo imitó, aunque hubiera deseado abrazarla.

–Muchas gracias.

–De nada. Vayan a cenar tranquilamente. Eli está en buenas manos.

–Lo sé –afirmó Sage. Confiaba plenamente en el personal de St Bea's. No había motivo alguno para trasladar a Eli a ningún otro sitio.

En el Red Grill había un ambiente típico del suroeste del país, con colores intensos y música. Les dieron una mesa en el patio, que estaba más tranquilo, y les trajeron té helado y guacamole con tortillas.

A T.J. le dolía la cadera cada vez más, pero no quería tomarse más calmantes que le embotaran el cerebro. Empujó el plato de tortillas hacia Sage, que negó con la cabeza.

–Son órdenes de la doctora.

Ella lo fulminó con la mirada, pero tomó una.

T.J. tenía tantas preguntas que hacerle que no sabía por dónde empezar.

–¿Tienes fotos de Eli?

–Sí –sacó el móvil del bolso y las buscó. Se lo entregó a T.J., que vio por primera vez a su hijo cuando era un sonriente bebé.

–¿Qué tiempo tenía aquí?

–Seis meses.

–¿Puedo tomarles nota? –los interrumpió la camarera.

–Espere unos minutos, por favor –contestó Sage.

En la foto siguiente, Eli, de pie en un patio, acariciaba a un perro labrador negro tan alto como él.

–¿Tenéis un perro?

–No, no lo permiten en el piso en que vivimos. Era de un amigo. A Eli le encantan los animales. Una vez me convenció de que le comprara un jerbo.

–¿Y qué pasó?

–Jugaba con él todo el día, pero no era lo mismo que tener un perro para pasearlo y jugar con él. Al final, el animal se murió. Como no se podían tener animales en el piso y no quería que nos echaran, no volvimos a tener ninguno más.

–Un niño se merece tener un perro –T.J. recordó cuánto había querido tener uno de niño.

–Un niño se merece tener un techo –afirmó ella molesta.

–No era mi intención criticarte.

–Te aseguro que lo intenté.

–No me cabe la menor duda, pero no entiendo por qué no te pusiste en contacto conmigo.

–Pues no voy a volver a explicártelo.

La camarera apareció de nuevo.

–Yo tomaré un burrito de ternera –dijo T.J. sin molestarse en mirar el menú.

–Lo mismo para mí.

–No has echado una ojeada al menú –comentó él.

–Con tal de que no sea lasaña…

En la siguiente foto, Eli estaba frente a una tarta de cumpleaños decorada con globos en miniatura. Había tres velas en la tarta y el niño sonreía de oreja a oreja.

—¿Era su cumpleaños?

Sage asintió.

Eli tenía el cabello ligeramente ondulado, como el de T.J. También presentaba cierta semejanza con su padre en los ojos y en la sonrisa. T.J. estaba emocionado. Tenía un hijo, pero se había perdido mucho de su vida.

—Me merezco la oportunidad de recuperar el tiempo perdido —afirmó.

—Lo sé. Podrás verlo cuanto quieras. No voy a impedírtelo.

—Quiero que vaya al hospital Highside.

Ella negó con la cabeza y él vio en sus ojos una férrea determinación.

—Es imposible. Me necesita a su lado todos los días.

—Puedes venirte a Whiskey Bay.

—Tengo un empleo. Me doy cuenta de que, para ti, se trata de reajuste importante, pero…

—¿Un reajuste? ¿A esto lo llamas un reajuste? —T.J. se removió en la silla y sintió un latigazo de dolor en la cadera. Trató de que no se le notara.

—Te duele, ¿verdad? ¿Quieres que volvamos al hospital?

—¡No! —T.J. bajó la voz—. Vamos a cenar. Morirte de hambre no va ayudar a Eli.

—¿Me vas a dar consejos sobre cómo educar a un hijo?

24

–No, porque, gracias a ti, no tengo ni idea de qué es ser padre.

–Me acabo de disculpar.

–¿Y crees que eso lo soluciona todo? –T.J. se dio cuenta de que cada vez elevaba más la voz, por lo que trató de controlarse. Los dos estaban cansados y criticarse mutuamente no servía para nada.

Llegaron los burritos y T.J. empujó el móvil hacia ella.

–Gracias por mostrarme las fotos. Ahora, tienes que comer.

Ella asintió.

T.J. llamó a la camarera y le pidió un tequila.

–Sería más eficaz un calmante –observó Sage.

–No es para el dolor.

Comieron en silencio durante un rato. T.J. se alegró de que ella comiera algo. Aunque no estuviese de acuerdo con su decisión de no haberle contado que tenía un hijo, debía de haber sufrido mucho al tener que cuidar a un niño enfermo completamente sola.

De pronto pensó que tal vez no lo estuviera. No llevaba alianza matrimonial y su apellido seguía siendo el mismo, pero eso no implicaba que no tuviera novio ni que no estuviera casada.

–¿Estás soltera? –le soltó a bocajarro.

Ella lo miró sorprendida.

–¿Hay un hombre en la vida de Eli y la tuya?

–No, no hay nadie. Solo somos Eli y yo.

–¿Y tu familia?

No sabía si tenía hermanos. No recordaba que los tuviera cuando iban al instituto.

–Mis padres murieron hace unos años. De todos modos, no me relacionaba con ellos.

–¿Vivían fuera?

–No. Me expulsaron de su vida. No querían que me quedara con Eli, sino que lo diera en adopción.

–¿Por qué? –preguntó T.J. horrorizado.

–No estaban dispuestos a ayudarme a criarlo y no creían que pudiera hacerlo sola. Pero se equivocaban. Me marché de casa de mis padres embarazada de seis meses y no volví a verlos.

T.J. pensó que ella debería haberse puesto en contacto con él. ¿Por qué no lo había hecho?

–Fue una decisión acertada –prosiguió ella–. A pesar de todo, volvería a hacerlo.

–Ojalá hubieras hecho las cosas de otro modo –dijo él sin poder evitarlo.

–No puedo volver atrás, T.J. –observó ella apretando con fuerza el tenedor y el cuchillo.

–Lo sé –solo podían ir hacia delante. Y si había algo que pudiera hacer para ayudar a Eli, lo haría.


Sage reprimió las ganas de agarrarle la mano a T.J. Era algo irracional, ya que su relación en las últimas veinticuatro horas podría describirse como una tregua a las hostilidades. Pero tenía los nervios de punta mientras esperaban que la doctora Stannis les comunicara los resultados de las pruebas.

–¡Eh! –dijo T.J. en voz baja. Fue él quien la agarró de la mano.

Sage se volvió a mirarlo y él le apretó la mano, lo que hizo que ella se sintiera mejor.

–Todo va a salir bien –afirmó él.

–Eso no lo sabes –Sage intentó tragar saliva, pero le resultó imposible.

Él se levantó y se agachó frente a ella, agarrándole las dos manos.

–Hay que ser optimista –dijo él con una suavidad que a ella nunca le resultaba desconocida.

Consiguió asentir.

La puerta se abrió y entró la doctora Stannis.

–No voy a tenerlos en suspenso –comentó mientras se dirigía al escritorio–. Los resultados son los que esperábamos. No hay señales de rechazo ni de infección.

Sage pensó que se iba a desmayar del alivio. Antes de que pudiera moverse, T.J. la levantó de la silla y la abrazó con fuerza.

–Sí –le susurró al oído–. Sí.

Su cuerpo era fuerte, sólido, cálido y acogedor. De repente, ella revivió el baile y el beso de diez años antes, el agudo e inexplicable sentimiento de haber llegado a casa, de que su sitio se hallaba en los brazos de T.J., como si llevara toda la vida esperando que la abrazara.

No había sido capaz de soltarlo entonces y no quería hacerlo ahora. Era un sentimiento que la atemorizaba, por lo que trató de separarse de él.

T.J. tampoco parecía dispuesto a soltarla. Siguió abrazándola durante varios segundos antes de hacerlo.

–Lo ha conseguido –afirmó.

–Tú lo has conseguido –dijo ella, a quien, en aquel momento, le daba igual quién fuese T.J., lo

27

que hubiera hecho o lo que fuera a hacer. Había salvado a su hijo, por lo que le debía todo.

–Tiene que recuperar fuerzas –apuntó la doctora.

Sage sintió las mejillas húmedas y se las secó con la mano. Ni siquiera se había dado cuenta de que estaba llorando.

–Y tendremos que controlar con cuidado las células T. Una infección sigue siendo una grave posibilidad –la doctora se sentó–. Pero, de momento, las señales son positivas.

T.J. y Sage volvieron a sentarse.

–¿Cuánto tardará en volver a casa? –preguntó ella.

–Solemos esperar una semana. Pero, en el caso de Eli, les recomiendo que sean dos.

–¿Es que le pasa algo?

–Tiene que recuperarse de los efectos de la quimioterapia. Y ya ha vencido una infección. Es muy joven y su cuerpo ha sufrido mucho.

–¿Está segura de que eso es todo?

–Si hubiera algo más, se lo diría.

–¿Qué me dice de trasladarlo a otro hospital? –preguntó T.J.

Sage tuvo ganas de gritar que no.

–Al hospital Highside, en la costa.

–Es indudable que tienen los últimos avances en todo –reconoció la doctora.

–Mi empresa está afiliada al hospital. Tiene fama mundial. Quiero hacer todo lo posible para contribuir a la recuperación de mi hijo.

La doctora miró a Sage.

–Desde el punto de vista médico, se le puede trasladar.

–Tendrá una habitación individual –explicó T.J. a Sage–. Estará más tranquilo. Y si tiene una infección o cualquier otra complicación, estará en las mejores manos posibles.

–No tendrá a su madre –dijo Sage temblando.

–Irás con él. Hay una residencia para los padres. Podrás alojarte allí gratis.

–Tengo un empleo –protestó ella. No podía tomarse otras dos semanas libres–. Cuando esté mejor y salga del hospital, los dos podréis…

–Ahora no se trata de que yo lo vea –observó T.J. con firmeza– sino de que reciba los mejores cuidados posibles.

La doctora se levantó.

–Los dejo solos para que hablen.

–Una última pregunta –dijo T.J. a la doctora–. Si Eli fuera su hijo, ¿elegiría St. Bea's o Highside?

La vacilación de la doctora y la mirada culpable que le dirigió a Sage contestaron por sí mismas.

–Si he de ser sincera, Highside no tiene rival en cuanto a cuidados a los pacientes y buenos resultados.

–Gracias –dijo T.J.

La doctora se marchó.

–Tengo que trabajar mientras Eli se recupera –le explicó Sage a T.J.–. No puedo hacerlo desde Whiskey Bay.

–Tómate unas vacaciones. No te preocupes por el dinero. Puedo…

–No se trata solo de dinero. Ya he faltado mucho al trabajo. Estás siendo pacientes conmigo, pero tendrán que sustituirme si no vuelvo pronto.

–¿Dónde trabajas?

–En el centro cívico de Eastway. Organizo las actividades.

No le avergonzaba su trabajo, que era importante para gente necesitada. Sin embargo, sabía que no era nada comparado con lo que T.J. había logrado después de acabar la enseñanza secundaria.

–Tal vez pueda hablar con ellos.

–Ni se te ocurra –la mera idea era ofensiva. Ella era una persona adulta que no necesitaba que un magnate de las finanzas, vestido con un caro traje, la defendiera–. Eli tiene su hogar aquí. Su madre está aquí. Mi vida está aquí.

–Y mi vida está… –T.J. se calló de repente. Parecía molesto consigo mismo–. Bueno, vamos a dejarlo así.

–Gracias –dijo ella pensando que T.J. se había rendido.

–Vamos a ver a Eli.

–Sí, vamos.

–Seguiremos hablando después –afirmó él mientras se levantaba.

–¿Cómo? –Sage no quería volver sobre algo que pensaba que ya estaba claro.

–No he cambiado de opinión, pero soy razonable.

–No cambiar de opinión es poco razonable.

–No lo es si consigo que tú cambies de opinión.

–No voy a hacerlo –estaba convencida. Si era

eso lo que él creía, podía esperar sentado. Se dirigió a la puerta.

Había que andar unos diez minutos desde el despacho de la doctora Stannis hasta el ala pediátrica. Era casi la hora de cenar y Sage esperaba convencer a su hijo de que comiera algo. Se moría de ganas de que recuperara el apetito, las fuerzas y la energía, y de que volviera a ser un niño normal.

# Capítulo Tres

A T.J. le volvió a conmocionar la palidez y fragilidad de Eli en su cama de hospital. Pero, al menos, esa vez estaba sentado, con un tebeo en el regazo. Los oyó entrar y alzó la vista.

–Hola, mama –dijo en voz baja.

–Hola, cariño –Sage se acercó a la cama y lo besó en la frente.

Había otras tres camas en la habitación, dos de ellas ocupadas. En una había una niña que se había roto la pierna en un accidente; en la otra, un niño operado de apendicitis que estaba a punto de que le dieran el alta.

El hospital estaba limpio como una patena, pero había señales de su desgaste por todas partes: los calefactores hacían ruido, el linóleo estaba desgastado, las luces parpadeaban y zumbaban de vez en cuando y las cortinas que separaban una cama de otra eran de un amarillo desvaído.

–Hola, Eli –dijo T.J.

T.J. lo miró a los ojos. Era evidente que le desconcertaba su continua presencia. No era de extrañar, ya que T.J. era un desconocido. Sage se lo había presentado como un antiguo amigo de la escuela. T.J. respetaba el deseo de Sage de esperar hasta que se recuperara.

–Hola –respondió el niño. Parecía molesto.

–¿Cómo estás? –preguntó Sage.

Eli se encogió de hombros.

–¿Tienes hambre?

–No –contestó Eli antes de volver a mirar el tebeo.

–Tienes que recuperar las fuerzas –Sage le alisó el revuelto cabello.

–Lo intentaré.

–¿Te molesta estarte recuperando tan lentamente? –preguntó T.J. acercándose a la cama.

–¿Estás saliendo con mi madre?

–¿Qué? ¿Por qué lo preguntas? –dijo Sage.

–No, no estoy saliendo con ella. Somos viejos amigos.

Sage le puso la mano en el hombro a Eli.

–Hay algo que debes saber, cariño.

–¿Qué?

–T.J. ha sido el donante de médula para el trasplante.

–¿De verdad?

–Sí –Sage le agarró la mano y se la besó.

Eli parecía avergonzado. Miró a T.J.

–Estoy muy contento de haberte ayudado –afirmó este.

–Muchas gracias –dijo el niño.

–Me alegro de que estés mejorando.

–¿Lo estoy?

–Por supuesto que sí –afirmó Sage.

–Es que no me siento mejor.

–Ya puedes sentarte. Ayer no podías.

–Solo es cuestión de tiempo –apuntó T.J.

—Creí que me estaban mintiendo –dijo Eli sonriendo levemente.

–¿Quiénes? –preguntó Sage.

–La doctora Stannis y las enfermeras, que no dejan de repetirme que estas cosas requieren tiempo, que tengo que relajarme y dejar que mi cuerpo se recupere.

–Tienen razón.

–Eso era lo que le decían a Joey –a Eli se le llenaron los ojos de lágrimas–. Y se lo siguieron diciendo hasta que murió.

A T.J. le pareció que le habían dado un puñetazo en el estómago.

–¡Ay, cariño! –exclamó Sage abrazando a su hijo–. El trasplante ha sido un éxito –afirmó.

–Será duro y tendrás que ser fuerte –comentó T.J.–. Pero es cierto que estás mejorando.

–Puedo volver a leer –apuntó Eli–. Al menos un rato, sin que me parezca que me han dado en la cabeza con un bate de béisbol.

–Me han dicho que juegas al béisbol –dijo T.J.

–Jugaba, sí.

–Pues volverás a hacerlo.

–Dentro de un tiempo –observó Sage–. De momento, ¿te apetece un poco de yogur?

–Puedo intentarlo.

–¿Te apetece algo en especial? –preguntó T.J.

Eli miró a su madre como si le pidiera permiso.

–¿Puedo tomarme un batido de chocolate?

–Iré a comprarte uno –se ofreció T.J.

–Sí, cariño, puedes tomarte todos los batidos que quieras.

–Por fin hay algo bueno en este hospital –dijo Eli sonriendo.

T.J. salió de la habitación y tomó el ascensor hasta la planta baja. Fue en coche a una estupenda heladería que estaba a diez minutos del hospital. Cuando volvió, Eli estaba medio tumbado en la cama y, con los ojos cerrados, escuchaba a Sage, que le leía un libro. Esta dejó de leer y T.J. dejó el batido en la mesilla.

La niña de la cama de al lado, que además de la pierna rota tenía un brazo vendado, miró el batido.

–¿Quieres algo? –le preguntó T.J.

–Heidi, te presento a mi amigo T.J. –dijo Sage a la niña.

–Hola, Heidi. Tenía que habértelo preguntado antes. ¿Qué quieres comer? Puedo traerte lo que quieras, siempre que lo aprueben las enfermeras.

–Pídele lo que quieras –apuntó Sage–. Es rico.

T.J. se quedó desconcertado ante esa descripción. Era cierta, pero le resultaba extraño decírselo así a una niña.

–¿Pizza? –preguntó ella con timidez.

–Desde luego –contestó T.J.–. ¿De qué clase?

–Hawaiana. Y… –se mordió el labio inferior.

–¿Qué más? ¿Quieres un refresco?

–¿Puede ser con doble ración de queso?

–Claro que sí –T.J. vio por el rabillo del ojo que Eli estaba bebiéndose el batido.

–¡Qué bueno! –exclamó el niño.

–Me alegro –hacía años que T.J. no se sentía tan bien–. Puedo traerte un batido –le dijo a Heidi.

La niña lo miró asombrada.

–¿De vainilla o de chocolate? –le preguntó Sage–. ¿O lo prefieres de fresa? ¿O de caramelo?

–De caramelo.

–¿Y tú? –preguntó T.J. a Sage. ¿Pizza y batidos para todos?

–Desde luego –Sage le sonrió–. Sorpréndeme.

–A eso voy –les hizo a todos una reverencia en plan de broma y salió del hospital con la ridícula sensación de ser un superhéroe.


Después de haberse tomado la pizza y los batidos, Sage continuó leyendo a Heidi y Eli hasta que se durmieron. Luego se despidió de la enfermera y se dirigió al vestíbulo, acompañada de T.J. Estaba cansada, pero contenta porque T.J. se había bebido todo el batido y había tomado un poco de pizza.

–Volveré mañana –dijo T.J. al salir del hospital.

–Lo sé.

–¿Dónde has dejado el coche? –preguntó él al ver que iba a girar a la izquierda. El aparcamiento estaba a la derecha.

–Voy a tomar el autobús.

–¿Y eso?

Ella no quería decírselo, pero tampoco hacer un mundo de ello.

–No tengo coche.

–No hay nadie que no tenga coche.

–Pues yo no tengo.

–¿Por qué?

–Porque no.

–¿Cómo vas a trabajar?

–En autobús.

–Qué locura.

No era que a ella le gustara ir en autobús, pero había vendido el coche un mes antes, cuando habían comenzado a hacerle pruebas a Eli. El seguro médico no cubría todos los costes.

–Necesitas un coche –afirmó él.

–Tenía uno.

–¿Tuviste un accidente?

–No, lo vendí.

–¿Por qué...? –se interrumpió y enarcó las cejas–. Las facturas médicas.

–Exactamente.

No tenía sentido fingir. Era madre soltera, con un trabajo mal pagado y un hijo enfermo.

–Desde este momento, se acabaron las facturas médicas para ti.

–No puedes...

–Claro que puedo. ¿Cuánto has pagado hasta ahora?

–No es asunto tuyo.

–¿Quieres que lo adivine?

–No –era su orgullo el que hablaba por ella. No tenía que seguir insistiendo en pagar las facturas, ya que T.J. nadaba en la abundancia.

–Te llevo a casa.

–Tengo un abono para el autobús.

–Son casi las once, así que no vas a ir en autobús.

–Soy una persona adulta –dijo ella cruzándose de brazos– y no necesito que ni tú ni nadie me cuide. He viajado en autobús decenas de veces de noche. No necesito tu permiso para volver a hacerlo.

–Solo trato de hacerte un favor.

–Estás… –Sage hizo una pausa. Estaba agotada y faltaban veinte minutos para que el autobús llegase. Además, tenía que hacer transbordo en el centro, lo que implicaba otro cuarto de hora de espera. Era estúpido rechazar el ofrecimiento de T.J.

Cerró los ojos durante unos segundos.

–De acuerdo, gracias. Así llegaré antes.

–¿Siempre eres así de testaruda?

Ella lo fulminó con la mirada.

–Tengo el coche allí –dijo él indicándole el aparcamiento.

–Estoy acostumbrada a desenvolverme sola –comentó ella, aunque no le debía una explicación.

–Tu vida ha cambiado.

–La tuya también.

T.J. utilizó el control remoto para abrir un deportivo rojo.

–Totalmente –añadió ella pensando en la vieja camioneta que acababa de vender.

Él le abrió la puerta para que se montara.

–Estamos juntos en esto, Sage. Tenemos un hijo.

Ella subió al coche y T.J. se sentó al volante.

–¿Adónde vamos? –preguntó él al tiempo que encendía el motor.

–A Fairton Road.

–¿Vives en el centro?

–Así estoy más cerca del trabajo.

El apartamento en la planta baja donde vivía

estaba en la parte vieja de la ciudad. No pagaba mucho de alquiler.

T.J. salió del aparcamiento. Enseguida llegaron a la autopista. Ella le indicó el camino y le señaló la casa al llegar.

T.J. aparcó y miró por el parabrisas.

–¿Quiénes son esos tipos?

Mientras se desabrochaba el cinturón de seguridad, Sage observó a un grupo de jóvenes en la esquina. Eran seis, de aspecto desaliñado, todos chicos. Dos de ellos fumaban; otros dos miraban con interés el coche de T.J.

–Parecen peor de lo que son –a Sage nunca la habían molestado.

–¿Circulan muchas drogas por aquí?

–¿Cómo quieres que lo sepa?

Él la miró con el ceño fruncido.

–Ni más ni menos que en otras zonas de la ciudad. No presto mucha atención.

Estaba acostumbrada al barrio. Era cierto que a veces la basura se acumulaba en las bocas de las alcantarillas y que las zonas verdes no estaban bien cuidadas. Pero sus vecinos, los MacAfee, eran una encantadora pareja de jubilados, y su casero, Hank Taylor, era el dueño de la panadería que había dos manzanas más allá. Era un hombre maduro y trabajador que se preocupaba de Eli y de ella.

T.J. se bajó del coche y miró a los chicos. Sage también bajó.

–No les prestes atención –dijo a T.J.

–Están decidiendo si pueden intimidarme.

–Si no los molestas, ellos tampoco lo harán.

–No quiero que le hagan nada al coche.

–No seas paranoico –Sage se dirigió a la entrada.

–¿Cuánto tiempo llevas viviendo aquí? –preguntó él, poniéndose a su altura.

–Desde que Eli tenía dos años.

–¿Siempre ha sido así?

–¿Te refieres a si los alquileres han sido baratos?

–Esto es algo más que eso.

Ella introdujo la llave en la cerradura y abrió la puerta.

–¿No hay un cerrojo de seguridad?

–No es una zona de mucha delincuencia.

–Cualquiera lo diría.

Sage se sintió insultada y molesta. Entró y se volvió hacia él.

–Gracias por traerme.

–¿No quieres que hablemos?

–¿De qué?

–De nuestra situación –T.J. miró la habitación que había detrás de ella.

Estaba limpia, un poco desordenada, ya que ella había pasado mucho tiempo en el hospital las dos semanas anteriores. Había platos en el escurreplatos y una cesta de ropa limpia en el sofá. Sage había ido a la lavandería, pero no había tenido tiempo de guardar la ropa.

Pensó que él estaría acostumbrado a entornos mucho más lujosos, pero no iba a disculparse. Eli tenía un sitio limpio y seguro para vivir, una escuela con un profesorado muy motivado y un parque al final de la calle para jugar.

–Estoy cansada. ¿No podemos hablar mañana?

–No quiero dejarte aquí sola.

–Es mi casa. Te estás portando de forma ridícula e insultante.

–Hay enfrente hay unos matones.

–Son niños.

–Esos niños hace años que se afeitan. Podrían ir armados.

Sage había llegado al límite de su paciencia.

–Buenas noches. Vuelve a tu hotel de cinco estrellas y tómate una bolsa de almendras de veinte dólares del minibar, o algo similar.

–Ven conmigo.

Sage, exasperada, dejó el bolso en un estante de la librería.

–Voy a dormir en mi cama como hice ayer y como haré mañana. Vete. Nos veremos mañana en el hospital.

–Vendré a recogerte.

–No. Ya lamento haber dejado que me trajeras a casa.

–No es verdad.

No lo era. Si no la hubiera llevado, todavía estaría en el centro esperando el segundo autobús.

–¿Por qué te peleas conmigo? –preguntó él.

Buena pregunta. En realidad, no lo sabía.

–Creo que, sobre todo, porque eres muy autoritario.

–Soy lógico y razonable.

–¿Así es como te ves? –preguntó ella riéndose.

–Estoy alojado en el Bayside. Está en el centro, así que me pilla de camino pasarme a buscarte mañana. Te darás cuenta de que es lógico y razonable.

41

–Y un poco autoritario.

–Solo un poco. ¿A las ocho?

Ella no quería darse por vencida.

–T.J...

–A las ocho, entonces –le apretó el hombro inesperadamente–. Cierra la puerta con llave.

Y se fue. Y ella sintió un cosquilleo en el hombro. Quería estar enfadada con él, pero no podía.


Eli estuvo animado por la mañana, pero por la tarde volvió a sentirse decaído. Las enfermeras les aseguraron que era normal. T.J. se ausentó durante un rato para que Sage estuviera a solas con su hijo y volvió al hotel a hablar con su secretaria.

Mientras contestaba las llamadas de teléfono más urgentes, no dejaba de pensar en el sitio en que vivían Sage y Eli. Entendía que era difícil ser madre soltera. No era vergonzoso tener dificultades económicas, sobre todo cuando había que compaginar el trabajo y el papel de madre.

Pero ya no sería necesario que Sage siguiera luchando ni que volviera a preocuparse por el dinero.

Iba a sacarlos de aquel barrio. Quería que su hijo viviera en Whiskey Bay y formar parte de su vida diaria. No sabía cómo lo conseguiría, pero sí que sería mucho más fácil si convencía a Sage que si se enfrentaba a ella. Y si quería ganársela, debía mostrarle las posibilidades. Y, para ello, debía enseñarle Whiskey Bay.

Al volver al hospital, Eli seguía decaído. Apenas

probó bocado de la cena y a las seis ya estaba dormido.

—Mañana estará mejor —afirmó T.J. mientras Sage besaba a Eli en la frente.

—Parece que tiene fiebre —Sage le puso la mano en la frente.

—La enfermera le acaba de poner el termómetro.

—Pues vamos a decirle que se lo ponga otra vez.

—Lo hará —apuntó él poniéndole la mano en el hombro—. Lo tendrán controlado toda la noche.

—¿Y si tiene fiebre?

—Estás viendo problemas donde no los hay. Tendríamos que comer algo.

—Prefiero quedarme aquí.

—No puedes hacer nada mientras duerme.

—Lo sé —dijo ella tomando la mano de su hijo.

—No hay ninguna señal de alarma. Simplemente, va a ser una larga convalecencia.

—Es lo que me digo.

—Lo mejor que puedes hacer por Eli es ser fuerte y estar sana —afirmó él mirándola a los ojos.

—Deja de tener razón —dijo ella sonriendo levemente.

—No puedo evitarlo.

Ella sonrió más abiertamente.

—Vamos a cenar a un buen sitio. Eli está bien. Debes ser optimista. Vas a enfermar de tanto preocuparte, lo cual no redundará en beneficio de la salud del niño.

Ella levantó la mano de Eli y la besó.

—Se me ha ocurrido un buen restaurante para

cenar –prosiguió él. No iba a entrar en detalles hasta que no fuera necesario.

–Muy bien, tienes razón.

–¿Puedes repetirlo?

–Tienes razón: vamos a cenar –puso una mueca.

–Me encanta tener razón.

–¡Cuánto amor propio tienes! –Sage se levantó y agarró el bolso.

Era evidente que se estaba burlando de él, pero lo cierto era que le gustaba conseguir lo que se proponía, tener éxito y sobresalir en todo.

–¿Te gusta el marisco? –preguntó mientras se dirigían al aparcamiento.

–Me gusta cualquier cosa, pero no voy a dejar que sigas pagando.

–Todavía tengo que pagarte mucho para ponerme al día.

–A Eli sí, pero no a mí. No me debes nada.

–¿Nada además de haber mantenido al niño nueve años?

–No te lo he pedido ni te lo voy a pedir –parecía horrorizada–. Nada de esto tiene que ver con el dinero.

–Ya lo sé –¿cómo no iba a saberlo?

Descubrir la existencia de Eli había sido una casualidad. Seguía poniéndose furioso cuando pensaba que Sage no se lo había dicho. Sin embargo, no era el momento de reprocharle la decisión que había tomado. No quería pelearse con ella.

–No voy a aceptar tu dinero.

–Es una cena, Sage. Te invito. La gente invita a sus amigos todos los días.

44

–No somos amigos.

–Pero espero que lo seamos. Las cosas serán mucho más fáciles.

Ella no supo qué responderle. Llegaron al coche.

–¿Te da miedo viajar en avión? –preguntó él mientras se montaban.

–No. No es algo que haga habitualmente, pero no me da miedo. ¿Por qué me lo preguntas? ¿Estás buscando defectos genéticos?

–¡No!

–De todos modos, dudo que los miedos irracionales se hereden.

–No busco defectos genéticos. Además, tú no tienes.

–Soy pelirroja y tengo pecas.

–Las pecas se te han atenuado y tu cabello es de color caoba, muy bonito. ¿Sabes cuántas mujeres pagarían por conseguir ese tono de cabello? Y eres muy inteligente. ¿Qué cociente intelectual tienes?

–No voy a decírtelo.

–¿Tal alto es?

–No, no es tan alto –Sage lanzó un suspiro de cansancio.

T.J. lo dejó estar mientras se incorporaba al tráfico de la ciudad. Se detuvo delante del hotel Brandywine.

–¿Vamos a cenar ahí? –preguntó ella mirando los jardines iluminados.

–No exactamente.

T.J. se bajó del coche y fue a abrirle la puerta.

–¿Vamos a ir andando?

45

Llegó el aparcacoches y T.J. le dio las llaves y le dijo su nombre.

—No exactamente —contestó T.J. a Sage al tiempo que le indicaba la puerta giratoria de entrada al hotel—. Hay un helipuerto en la azotea del hotel.

—¿Un qué? —preguntó ella mirando hacia arriba—. ¿Hay un restaurante ahí arriba?

—No —contestó él cediéndole el paso en la puerta—. Hay un helipuerto en sentido literal: una pista de aterrizaje y despegue de helicópteros.

—¿Y para qué vamos ahí?

—Me has dicho que no te daba miedo volar.

—Y tú me has dicho que íbamos a cenar.

—Y es lo que vamos a hacer.

—¿En un helicóptero? ¿Pretendes lucirte delante de mí?

—No, soy práctico —T.J. pulsó el botón de llamada del ascensor—. Vamos al Crab Shack, un pequeño restaurante donde se come excelente marisco.

—¿En helicóptero?

—Es más rápido.

—¿Mas rápido que qué?

—Que en coche.

La puerta del ascensor se cerró y T.J. sacó una tarjeta, la insertó y pulsó el botón de la azotea.

—¿Tienes habitación aquí?

—No —contestó él al tiempo que se guardaba la tarjeta en el bolsillo—. He hablado antes con la dirección del hotel para utilizar el helipuerto.

—¿Así que ya lo habías organizado?

—Claro. Un helicóptero no aparece por arte de magia.

—El sitio al que vamos, ¿es de lujo?

—No, es informal.

—¿Está es una isla?

—No, en Whiskey Bay —respondió él en el momento en que se abrieron las puertas del ascensor. Ella se quedó inmóvil y lo miró fijamente.

—¿Qué pretendes, T.J.?

—Que conozcas el pueblo.

—¿Vas a secuestrarme?

—Por supuesto que no.

—¿Y si no quiero subirme? —preguntó ella mirando el helicóptero.

—Pues te perderás el viaje de tu vida, una excelente cena y la oportunidad de ver dónde vivo.

# *Capítulo Cuatro*

T.J. tenía razón: la cena había sido magnífica y el viaje en helicóptero, la aventura de la vida de Sage.

Cuando aterrizaron, Sage descubrió que T.J. tenía otro coche: un lujoso cuatro por cuatro.

–¿Ves? Solo se tarda un cuarto de hora de mi casa al hospital –comentó él mientras giraba para entrar en el aparcamiento.

Sage observó que no había que pagar por aparcar en aquel hospital, lo cual era una ventaja para los pacientes y visitantes.

–Creo que te va a impresionar.

–No vas a hacer que cambie de idea.

–Pretendo que hablemos, no que discutamos –afirmó él mientras aparcaba.

–No me lo creo.

Se bajaron del coche.

El nombre del hospital estaba escrito en letras rojas en la fachada del edificio. El vestíbulo era amplio y estaba bien iluminado. Había cómodos asientos y un largo mostrador de recepción con varias enfermeras. Dos de ellas alzaron la vista y los saludaron con una sonrisa.

Antes de que ellos llegaran al mostrador, se les acercó una mujer delgada, de treinta y tantos años, vestida con un traje de chaqueta, que tenía un aspecto muy profesional.

–Señor Bauer, me alegro de verlo –dijo mientras le estrechaba la mano. Después miró a Sage.

–Le presento a mi amiga Sage Costas. Sage, es Natalie Moreau, la subdirectora del hospital.

–Encantada de conocerla –dijo Sage al tiempo que se preguntaba si también la habría avisado T.J. de su visita.

No le iba a servir de nada. Su relación con los peces gordos no iba a hacer que cambiara de opinión.

–Siento haberme presentado tan de repente –dijo T.J. a Natalie.

A pesar de sus palabras, Sage siguió pensando que estaba todo preparado.

–Ya sabe que siempre es bienvenido.

–Sage tiene un hijo de nueve años que está enfermo, y esperaba que nos pudiera enseñar las instalaciones.

–Lo siento –dijo Natalie a Sage con expresión de genuina preocupación–. Les puedo hacer una visita guiada ahora mismo y contestar las preguntas que puedan tener.

–No es nuestra intención interrumpirla. Tal vez pudiera acompañarnos una enfermera –observó T.J.

–De ninguna manera. No me interrumpen. ¿Empezamos por el restaurante? –Natalie se volvió hacia Sage–. Hay dos salas para las visitas en la primera planta y una en cada una de las otras. También hay salas para los pacientes. Pero queremos que los visitantes, especialmente los padres de niños pequeños, tengan un sitio donde puedan relajarse.

Natalie echó andar.

–Por aquí, por favor. Hemos convertido la cafetería en dos espacios distintos: un restaurante y un café con comida para llevar. En los últimos cuatro años nos hemos centrado en preparar distintos menús tanto para los pacientes como para los visitantes. Tenemos en cuenta las alergias y las distintas opciones alimentarias. Empleamos alimentos orgánicos y de la zona. Es sorprendente, pero un plato bien presentado estimula a los pacientes a comer. ¿Quién lo hubiera dicho? –Natalie rio.

Sage se iba fijando en todo. Era imposible no quedarse impresionada. El mobiliario era de gran calidad. Ninguna de las personas con las que se cruzaban parecía apresurada o estresada. Aunque era un hospital, se asemejaba más a un hotel.

Atravesaron una doble puerta.

–Esta es una habitación típica –dijo Natalie abriendo otra puerta–. Las habitaciones son privadas, pero se pueden meter más camas, ya que hay pacientes que quieren estar con otras personas; por ejemplo, con sus hermanos, después de un accidente de coche. Las salas para pacientes proporcionan otro espacio de interacción social. En las plantas de pediatría, hay salas de juego.

–¿Cómo llegan a ellas los niños? –preguntó Sage.

–Pueden ir andando, en silla de ruedas o incluso en su propia cama. La proporción entre pacientes y personal es la mejor del país, por lo que los pacientes que necesitan ayuda siempre la encuentran. Las camas tienen control remoto. En cada habitación hay un ordenador para entretenerse o comunicarse.

Sage observó la gran pantalla que había en la pared y el teclado que había en una mesa con ruedas.

—Entonces, ¿los pacientes pueden acceder a su correo electrónico y navegar por la red?

—Sí. Hay muchos que están tan enfermos que no pueden utilizar todos los servicios. Pero, según se van recuperando, intentamos que su estancia sea lo más hogareña posible.

En un rincón, al lado de la ventana, había dos sillones y una mesita entre ellos. Los colores eran cálidos y el suelo era de falso parqué.

Sage entendía por qué le gustaba aquel hospital a T.J., sobre todo si se tenía en cuenta el nivel de servicio al que estaba habituado. Pero ella seguía sin cambiar de opinión. Eli estaba perfectamente en St. Bea's. Aunque no tuviera internet, tenía a su madre, que era más importante.

—¿Y el servicio de oncología? —preguntó T.J. a Natalie.

—Es el mejor del país. Tenemos los mejores médicos e investigadores. ¿Su hijo tiene cáncer? —preguntó Natalie a Sage.

—Leucemia. Le acaban de hacer un trasplante de médula en St. Bea's. T.J. ha sido el donante.

—Ha tenido suerte al encontrar un donante compatible —comentó Natalie sonriendo.

—De momento se recupera bien. Está en un buen hospital.

–Conozco a algunas personas de las que trabajan allí. Están muy entregadas a su trabajo y poseen excelentes conocimientos clínicos.

Sage miró a T.J. con satisfacción.

–Me interesa trasladar al niño aquí –dijo T.J.

–A mí no –apuntó Sage.

–Se trata de una decisión personal –afirmó Natalie con cierto tono de reproche hacia T.J.

–St. Bea's está mucho más cerca de mi casa –explicó Sage.

–Por muy buenas que sean nuestras instalaciones, no hay nada que sustituya a la familia.

–Gracias –dijo Sage emocionada.

–No estoy diciendo que ella no vaya a ver a su hijo –observó T.J., levemente exasperado.

–Highside está muy lejos de Seattle.

Sage ya estaba totalmente convencida de que Natalie no formaba parte de ningún plan para hacerla cambiar de opinión.

–Puede quedarse en la residencia para padres –insistió T.J.

–Trabajo –apuntó Sage.

Natalie se detuvo.

–Señor Bauer, lo apreciamos mucho y le estamos enormemente agradecidos por su apoyo económico…

–No se trata de dinero.

–La decisión es de su madre exclusivamente. Es su hijo. Ella sabe lo que es mejor para él.

Sage intentó no mirar a T.J., sin conseguirlo. Tenía los dientes apretados, pero no parecía que fuera a revelar que era el padre de Eli.

–¿Alguna otra pregunta? –Natalie se dirigió a Sage.

–No. Muchas gracias por el tiempo que nos ha dedicado.

–Buena suerte con su hijo –dijo Natalie agarrándola de las manos–. Espero que se recupere rápidamente. Aquí estamos si nos necesita. Pero lo que decida usted, será acertado.

Sage sintió una leve punzada de culpa. Natalie le caía muy bien. Y le había gustado mucho todo lo que había visto en Highside. Sin embargo, no podía marcharse de Seattle ni consentir que T.J. la separara de Eli. Tenía que creer que el niño se recuperaría igual de bien en St. Bea's.

T.J. no sabía por qué había fracasado, pero lo había hecho. Contaba con que Natalie señalara los méritos del hospital e impresionara a Sage con el nivel de cuidados que Eli recibiría. No había contado con que Natalie se pusiera de parte de Sage.

No le había querido decir que era el padre de Eli. No hubiera sido justo para Sage y, además, había decidido que Eli sería el siguiente en saberlo. Se preguntó si no se había equivocado al no hacerlo porque, tal vez, la actitud de Natalie hubiese sido distinta de haberlo sabido.

–¿Podemos volver a Seattle ya? –preguntó Sage mientras metía el móvil en el bolso.

Iban por la carretera de la costa hacia el Crab Shack. El helicóptero se hallaba en un aparcamiento cercano.

–¿Qué decía? –se refería al mensaje que ella acababa de leer en el móvil.

–Que sigue dormido.

–Que bien –T.J. esperaba que Eli pasara una noche tranquila.

–Se está haciendo tarde.

–Tengo que hacer una parada.

–¿En serio? –preguntó ella disgustada.

–Es en mi casa. Nos pilla de camino.

–Muy bien.

–¿Estás enfadada? No podías tomar una decisión acertada sin conocer todas las posibilidades.

–Ya había tomado la decisión acertada. Y sí, he visto Highside y es estupendo. Pero eso ya lo sabes y yo nunca lo he negado. Nunca he dicho que Highside no fuera un gran hospital, sino que yo no vivo en Whiskey Bay.

–Eso se puede cambiar.

–No voy a dejar mi trabajo ni mi apartamento.

–No es que sea gran cosa, perdona que te diga. Lo sabes tan bien como yo. Y puedes conseguir otro empleo.

–¿En serio? –Sage lo fulminó con la mirada y chasqueó los dedos–. ¿Así, sin más?

–Sí, hay empleos en Whiskey Bay.

–Para gente como yo.

–Para cualquier clase de gente. ¿Qué quieres decir con eso de «para gente como yo»? –T.J. tomó la carretera que llevaba a su casa y a las otras tres de esa zona de la bahía, que pertenecían a Matt y Tasha, Caleb y Jules y a la hermana de esta, Melissa, y Noah, su esposo.

–¿Una madre soltera sin título universitario?

–Hay montones de madres... ¿Cómo que sin título universitario?

Sage era un genio y podía haberse licenciado en cualquier carrera sin mucho esfuerzo.

–No fui a la universidad, T.J.

–¿Y todas esas becas? –sabía que le habían ofrecido decenas; todos lo sabían. ¿Las había rechazado todas?

–Estaba demasiado ocupada –contestó ella en tono neutro.

–¿Y haber ido aprobando asignaturas poco a poco? –T.J. entendía que un bebé era una complicación.

–No funcionó.

–¿Cómo que no funcionó? ¿Qué actitud es esa? Cuando algo es tan importante, haces que funcione.

–Lo dice un hombre que no tiene ni idea de lo que es cuidar a un bebé –afirmó ella elevando la voz.

–Sé que hay guarderías.

–¿Y sabes que no hay becas para pagarlas? No podía vivir en una residencia universitaria con un bebé, así que hubiera tenido que pagar el alquiler, la comida y la guardería y estudiar por las noches en vez de bañar al niño y leerle cuentos.

–¿Y después, cuando empezó a ir a la escuela?

Era indudable que podía haber hecho algo. Tenía un cerebro privilegiado y era una pena que lo desperdiciara.

–¿Sabes lo ofensivo que resultas?

Habían llegado. T.J. aparcó entre los dos garajes.

–Estudia ahora.

Ella cerró los ojos, negó con la cabeza y lanzó un doloroso suspiro.

–Solo tienes veintisiete años. Ve a la universidad y sácate un título.

–Llévame a casa, T.J.

Este se dio cuenta de que había ido demasiado lejos.

–Entra.

–No.

–No voy a tardar mucho. Después iremos andando a tomar el helicóptero.

Al principio, ella no se movió. Sin embargo, acabó desabrochándose el cinturón de seguridad y bajando del coche.

T.J. sentía haberla ofendido, pero le resultaba increíble que se hubiera dado por vencida con tanta facilidad. Uno siempre tenía opciones. Siempre había una estrategia alternativa ante cualquier situación. Solo había que buscarla.

Subieron los escalones y llegaron a la puerta principal, que T.J. abrió. La luz funcionaba mediante sensores de movimiento, por lo que se encendió automáticamente en el vestíbulo. El salón estaba enfrente y por el ventanal desde este se veían la terraza y el jardín.

Sage miró a su alrededor sin decir nada.

–Es muy grande para una persona sola –reconoció él.

–¿Grande? Yo diría que es inmensa.

–Sí. Casi nunca subo al piso de arriba.

–¿Hay otro piso?

–Sí, se sube desde el despacho. ¿Tienes sed?

–No hemos venido a quedarnos.

–¿Un vaso de té con hielo? –preguntó T.J. al tiempo que entraba en el salón–. Hay cerveza fría y vino, claro.

T.J. miró hacia atrás, pero Sage no lo había seguido, por lo que volvió al vestíbulo.

–Entra.

Ella parecía asustada.

–¿Cómo eres de rico, exactamente?

–No sé qué contestar a esa pregunta. Creo que he llegado a un punto en que puedo hacer lo que quiera.

–¿Tienes personal para mantener la casa? –preguntó ella mientras entraba en el salón.

–Hay una persona que viene a limpiar y un jardinero. Es una casa grande, pero no vive nadie en ella.

Sage miró a la izquierda, donde había un corto pasillo que llevaba al despacho, el dormitorio y las escaleras que conducían al piso superior.

–Echa un vistazo –la invitó él–. ¿Quieres un vaso de agua?

–Sí –contestó ella distraídamente mientras recorría el pasillo.

–La bodega está cerrada, pero puedo abrirla si quieres.

–Me basta el vaso de agua.

Él rio porque lo que le había ofrecido era echar una ojeada a la bodega. Cuando volvió de la cocina con dos vasos de agua, no la encontró, por lo que dedujo que había subido al piso de arriba. La siguió.

—Aquí no hay muebles —comentó ella mientras contemplaba una de las habitaciones.

—Mi esposa… Lauren quería que tuviéramos varios hijos, por lo que esperaba que necesitáramos esta habitación.

—Perdona. No era mi intención recordarte cosas dolorosas.

—No pasa nada —T.J. le había hablado de Lauren mientras Eli dormía.

Siguieron viendo los cinco dormitorios restantes.

—Aquí cabrían tres pisos como el mío —apuntó ella.

T.J. no utilizaba aquel piso. Era un espacio desperdiciado, pero no pensaba vender la casa que Lauren había diseñado. Tampoco se imaginaba a nadie viviendo con él, salvo a Eli. A T.J. le encantaría que el niño viviera allí.

Sabía que era imposible. Aunque aquella noche había adoptado una actitud dura con Matt y Caleb, no era su intención separar a Eli de su madre. Además, ningún tribunal le permitiría hacerlo.

Era paradójico que allí hubiera sitio de sobra para Sage y Eli. De repente, se dio cuenta de que eso sería ideal. Se volvió hacia ella mientras le daba vueltas a la idea.

—¿En qué consiste tu trabajo, exactamente? —le preguntó mientras le daba el vaso de agua. ¿Qué haces en Seattle?

–Ya te lo he dicho. Organizo las actividades del centro cívico.

–¿Es un trabajo administrativo?

–Básicamente.

–Podrías hacerlo desde otro sitio.

Sage entendió de inmediato lo que quería decir.

–No vayas por ahí, T.J.

–No te cierres esa puerta, Sage. Eli y tú podríais vivir aquí. No hay ninguna razón para que no lo hagáis.

Por la expresión de su rostro, T.J. se dio cuenta de que se había precipitado.

–Quiero decir que…

Sin pronunciar palabra, ella dio media vuelta y se dispuso a bajar las escaleras.

–Quiero decir que es una posibilidad –dijo él yendo tras ella–. ¿Por qué no lo hablamos? No tendrías que pagar alquiler. Y las escuelas son fantásticas –bajó detrás de ella–. Podrías buscar un empleo de media jornada e ir a la universidad aquí. He hecho muchas donaciones, por lo que no tendrías que pagar nada. No es que el coste importe…

–¡Basta! –gritó ella volviéndose a mirarlo–. Déjalo ya.

–Lo dejo –había ido demasiado lejos y demasiado deprisa.

–No voy a mudarme a Whiskey Bay. Tienes derecho a visitar a Eli. Ya organizaremos las visitas. Pero no voy a dejar mi vida entera para acomodarme a tus necesidades.

T.J. experimentó una sensación de derrota que

intentó combatir. No quería ser para su hijo solo alguien que lo visitaba. Quería estar siempre con él.

Deseaba que le contara cómo había pasado el día en el colegio, jugar a la pelota con él las tardes de verano, acostarlo, servirle los cereales del desayuno y curarle los cortes y arañazos. Y hacerlo siempre, no dos fines de semana al mes y en Navidad.

Quería que Eli estuviera con él, pero entendía que Sage también lo quisiera. Además, ella se lo merecía. Para que eso sucediera, Whiskey Bay tenía que ofrecerle algo más que alojamiento gratuito.

—Gracias —dijo ella—. Respiró hondo y se dirigió a la puerta—. Tenemos que volver a Seattle.

Tenía razón, pensó él. No iban a solucionar aquello esa noche, lo cual le produjo una amarga decepción.

Fue tras ella, enfadado. Los progenitores vivían con sus hijos en todo el mundo. Era lo normal. No pedía la luna.

¿Por qué los demás podían hacerlo y él no? ¿En qué se diferenciaba de ellos?

La respuesta era evidente. Esos progenitores se querían y, si no lo hacían, de todos modos seguían casados. Entonces, se le ocurrió.

—¡Espera!

Sage había agarrado el picaporte y tenía los labios apretados. Sin embargo, esperó.

—No he sido justo —dijo él.

—No —contestó ella, levemente aliviada.

—No puedo pedirte que renuncies a tu vida a cambio de no pagarme un alquiler. Debo ofrecerte algo más.

Ella ladeó la cabeza y lo miró perpleja.

–Cásate conmigo.

Sage no reaccionó, por lo que no estaba seguro de que lo hubiese oído. Así que siguió hablando.

–Comparte mi vida.

Ella comenzó a reírse. Se llevó la mano a la boca, pero continuó riéndose.

–¿Qué te hace tanta gracia? –preguntó él sintiéndose insultado.

–No tiene gracia –dijo ella recomponiendo su expresión–. Es absurdo.

–Es lógico, ya que tenemos un hijo.

–Apenas nos conocemos.

–Sería, como es obvio, un matrimonio de conveniencia –mientras lo decía, se la imaginó en su cama, lo que le sobresaltó. Desechó la imagen e insistió–. Ya has visto el tamaño de la casa. Ni siquiera nos cruzaremos. Eli y tú podéis ocupar el piso de arriba.

–Llévame a casa –parecía triste y cansada, frágil y desamparada. También estaba muy guapa. Y él sintió ganas de abrazarla y consolarla. De abrazarla y de besarla.

–¿Qué me pasa? –murmuró.

–Estás cansado. Los dos lo estamos.

–Puede ser –pero sabía que había algo más.


Aunque estaba agotada, Sage no podía dormir. Porque, a pesar de su ridiculez, las palabras de T.J. no dejaban de darle vueltas en la cabeza.

Probablemente se tratara de la peor proposición de matrimonio de la historia, pero también era la única que le habían hecho.

T.J. era guapo y sexy, además de rico e inteligente. ¿Qué mujer no querría casarse con él? Ninguna.

Apartó la ropa de cama y se levantó. Sintió frío, ya que dormía en camiseta y pantalón corto. Fue a la cocina a beber agua mientras pensaba que era imposible que se casara con T.J. y se mudara a Whiskey Bay, aunque él tuviera esa enorme casa. Era una idea que ni siquiera merecía la pena considerar. No estaban en 1955. La gente no se casaba porque tuviera un hijo.

Llegarían a un acuerdo y organizarían las cosas del mejor modo posible para todos.

Sacó un vaso del armario y lo llenó de agua al tiempo que se preguntaba qué tendría que hacer Eli. ¿Ir en autobús de Seattle a Whiskey Bay y viceversa? No, porque, pensó mientras se reía, el padre de Eli no lo consentiría. Así que iría en helicóptero.

El padre de Eli… Hasta que volvieron a encontrarse, no sabía mucho de él, salvo lo poco que recordaba del instituto. Pero era un hombre que imponía, resuelto y fuerte. Y era… De repente, sintió calor.

Un pitido del móvil le indicó que tenía un mensaje. Lo primero que pensó fue que era del hospital, así que volvió corriendo a la cama. El mensaje era de T.J. Lo único que decía era: «Lo siento».

¿Qué era lo que sentía?, ¿haberla llevado a Whiskey Bay?, ¿haberla presionado para que se mudara allí?, ¿haberle pedido que se casara con él?, ¿haberse comportado como un lunático?

Ella escribió: «No importa».

Se dio cuenta de que nada de todo aquello le importaba. Sabía que él estaba desesperado por entablar una relación con su hijo y no la había amenazado con una demanda judicial. La derrotaría si la llevaba a juicio y podría conseguir la custodia compartida, por lo que Eli se vería obligado a pasar mucho tiempo en Whiskey Bay. T.J. podía ser implacable si lo deseaba.

El móvil le sonó y se sobresaltó. Era T.J.

—Hola —dijo ella.

—Estás despierta.

—Tenía sed.

—Yo también.

—Empiezo a distinguir cuando mientes —afirmó ella sonriendo.

—Me has pillado. Estaba llamando a Australia, pero, como sonaba muy pretencioso, he preferido decirte que tenía sed.

—Si tienes negocios en Australia, lo lógico es que llames allí.

—¿Me perdonas?

Antes de que ella pudiera responderle, se oyó el ruido de una botella estrellándose contra la acera.

—¿Qué ha sido eso? —preguntó T.J.

—Se ha roto una botella.

—¿Estás descalza?

—Ha sido en la calle.

¿Qué pasa? —preguntó él en tono preocupado—. ¿Quién anda ahí fuera?

—No he mirado. Probablemente sean los chavales, que se están divirtiendo.

–¿Pasa a menudo?

–No, pero es sábado por la noche.

De pronto, alguien dio un fuerte golpe en la puerta del piso.

–¿Qué demonios ha sido eso?

Sage, temerosa, dio un paso hacia atrás.

–Alguien está llamando a la puerta.

–No abras.

–No voy a hacerlo –¿se creía que era idiota?

–Voy para allá.

–No seas ridículo. La puerta está cerrada con llave. Ya se marcharán.

–¿Vas a llamar a la policía?

¿Y qué les digo?

Dieron otros tres golpes en la puerta.

–¿Calista? Ábreme, cariño –gritó la voz de alguien que estaba borracho.

–Se han equivocado de casa –dijo Sage a T.J.–. Acabarán por cansarse –esperaba que fuera pronto. Aunque la puerta estaba cerrada con llave, le ponía nerviosa que alguien estuviera intentando entrar. Se puso los vaqueros con una sola mano. Se sentía más segura vestida.

–No pareces muy convencida. Voy para allá.

–No, T.J. Tardarás un cuarto de hora.

–Diez minutos.

–Si te tocan los semáforos en verde. Se habrán marchado antes de que llegues.

Los golpes sonaron de nuevo. A Sage no le gustó reconocer que esperaba que T.J. no hiciera caso de sus protestas y fuera hacia allí.

–Abre la puerta –gritó la voz.

–Vamos a pedir una pizza –dijo una segunda voz.

Sage se acercó un poco a la puerta. No sabía si gritar que se habían equivocado de casa mejoraría o empeoraría las cosas. Prefería que no supieran que estaba en casa.

El pomo de la puerta se movió y ella retrocedió.

–Voy a por el coche –dijo T.J., y ella se sobresaltó, porque había olvidado que tenía el móvil en la mano.

–¿Ha cambiado la cerradura? –preguntó la segunda voz.

–La llave se ha roto –dijo la primera.

–¿Les digo que se han equivocado? –susurró Sage a T.J.

–No. ¿Hay alguna habitación que puedas cerrar con llave?

–Solo el cuarto de baño.

–Enciérrate allí y sigue hablándome. Ya estoy conduciendo.

–Tengo que… ¿Dónde está el árbol? –preguntó la segunda voz, claramente confusa.

–¿Qué árbol?

–El árbol grande… Tío, te has equivocado de casa.

Sage respiró aliviada.

–Se han dado cuenta –le dijo a T.J.

–Enciérrate en el cuarto de baño de todos modos.

–¿Es esta la calle? –preguntó la segunda voz.

–Estamos muy borrachos –afirmó la primera.

–Parece que se marchan –dijo Sage a T.J.

–¿Estás en el cuarto de baño?

–No, oigo que se marchan.

Los pasos y risas de los dos desconocidos se alejaron.

A Sage le temblaban las piernas y se sentó. Oyó llegar un coche que apagó el motor. Supo que era T.J.

–Ya estoy aquí –le dijo él por teléfono–. ¿Puedo entrar?

–Sí, claro. Un momento –consiguió levantarse apoyándose en el brazo del sillón con la mano libre y abrió la puerta.

–Hola –dijo él mirándola con preocupación–. ¿Estás bien?

Ella asintió y retrocedió para dejarlo pasar. T.J. se metió el móvil en el bolsillo.

–¿Estás segura?

–Sí –dijo ella. Él sonrió mientras le quitaba el móvil de la oreja y finalizaba la llamada. Después, la abrazó para consolarla.

Ella se sintió tan bien en sus brazos que cerró los ojos durante unos segundos y se apoyó en él. T.J. le acarició el cabello.

–Me has asustado –susurró él y apoyó su mejilla en la de ella.

El contacto fue como una descarga eléctrica. El deseo recorrió a Sage de arriba abajo y la dejó sofocada. Él se quedó inmóvil y ella supo que iba a besarla. Y se lo iba a permitir. Y lo besaría a su vez.

El teléfono de Sage, que T.J. tenía en la mano, sonó y los dos se sobresaltaron.

Él le mostró la pantalla y a ella se le cayó el alma a los pies.

–Es del hospital.

# Capítulo Cinco

—Es una infección —dijo la doctora Stannis.

Eli dormía. Volvía a estar pálido. Y le habían puesto de nuevo el gotero, lo cual demostraba que había empeorado.

—La hemos descubierto a tiempo y la estamos tratando con antibióticos.

—¿Qué puedo hacer? —preguntó Sage con voz ronca. Estaba casi tan pálida como su hijo.

T.J. quería volver a proponer que lo llevaran a Highside, pero no deseaba, por nada del mundo, alterar a Sage. Miró a la doctora y vio en sus ojos que estaba preocupada.

—Si se puede permitir pagarlo, yo consideraría la posibilidad de trasladarlo a Highside —dijo la doctora a Sage tocándole el brazo.

—Podemos permitírnoslo —afirmó T.J. rápidamente.

—¿Serviría de algo? —preguntó Sage.

—No quiero alarmarlos, pero una infección en esta fase es un peligro. Highside posee los mejores medios y el mejor laboratorio del país. Y si la cosa empeora no podremos trasladarlo a la unidad de cuidados intensivos, porque está llena.

Sage ahogó un grito y T.J. le pasó el brazo por los hombros.

–No es lo que espero –añadió la doctora–. Pero en Highside tendrán más opciones.

–¿Podemos trasladarlo sin que sufra? –preguntó T.J.

–En ambulancia. Moverlo no va a influir en la infección.

–Puedo pedir un helicóptero –dijo T.J.

–Espera –Sage lo miró, casi aterrorizada.

Él le puso las manos en los hombros y le habló en voz baja.

–Vayamos paso a paso. La doctora dice que no hay motivos de alarma. Solo se trata de ser precavidos, y creo que debemos serlo.

–Sí, vamos a hacerlo.

T.J. sacó el móvil. No se sentía satisfecho. Aunque deseaba trasladar a Eli a Whiskey Bay, no quería hacerlo en aquellas circunstancias.

Consiguió rápidamente un helicóptero y, a continuación, llamó a Highside para avisarles de la llegada de Eli. La doctora Stannis habló con la sección de oncología para que les enviaran el historial del niño.

Sage se sentó en la parte trasera del helicóptero para estar con Eli, en tanto que T.J. lo hacía con el piloto. En el helipuerto del hospital había un médico y dos enfermeras esperándolos, que llevaron a Eli inmediatamente a una habitación.

Cuando lo hubieron instalado, T.J. cedió a la tentación y le pasó el brazo a Sage por los hombros mientras, al lado de la cama, miraban al niño.

–Se ha despertado en el helicóptero –dijo ella.

–Parece buena señal.

–Me ha preguntado por qué había tanto ruido.

Antes de que T.J. pudiera responder, el médico que los había recibido, un hombre de cuarenta y tantos años, desgarbado y moreno, volvió a entrar en la habitación.

–Soy el doctor Westray –le tendió la mano a T.J., que se la estrechó al tiempo que indicaba a Sage con un gesto de la cabeza.

–Le presento a Sage Costas, la madre de Eli.

–Encantado de conocerla. He echado una ojeada al historial de Eli y acabo de hablar con la doctora Stannis. Creemos que podremos vencer la infección.

–¿Cómo está? –preguntó Sage acariciando la frente de su hijo.

–Le ha bajado un poco la fiebre. Es demasiado pronto para saber si el antibiótico que le estamos administrando acabará con la infección. Pero que le haya bajado la fiebre es buena señal.

Sage lanzó un tembloroso suspiro.

–¿Quiere sentarse? –preguntó el médico.

T.J. le acercó una silla y ella se sentó.

–Quiero quedarme con él –dijo ella.

–Puede hacerlo todo el tiempo que guste. Además, tenemos una residencia para padres dentro de las instalaciones, así que siempre podrá estar cerca de él. Una enfermera le reservará una habitación, por si quiere dormir un rato o ducharse.

–Aún no.

–Entiendo. Controlaremos la temperatura de Eli y el resto de sus constantes vitales. La sala de las enfermeras se halla cruzando el vestíbulo, por si tiene alguna pregunta.

–Gracias –dijo ella al tiempo que tomaba la mano de Eli.

–De nada. Tengo guardia toda la noche. Volveré a pasarme después.

–Gracias, doctor –dijo T.J. mientras volvía a estrecharle la mano.

–Encantado de conocerlo, señor Bauer.

–Por favor, llámeme T.J.

–Si necesitan algo, no duden en comunicármelo.

T.J. deseaba que alguien pudiera hacer algo, pero, en aquel momento, todo dependía de Eli. Se situó al lado de Sage y ambos contemplaron, durante largo rato, al niño durmiendo.

Como T.J. estaba muy cansado, fue a sentarse a uno de los dos sillones que había en la habitación. Cerró los ojos y volvió a pensar en Sage, en su apartamento y los dos borrachos fuera. Ella no podía volver allí bajo ningún concepto. No era un lugar seguro para ella ni para Eli.

Oyó pasos suaves y abrió los ojos. Una enfermera había entrado y hablaba con Sage en voz baja mientras tomaba la presión a Eli. Después le tomó la temperatura y sonrió al ver el resultado.

–Le ha bajado un poco más –susurró a Sage.

Sage relajó los hombros y T.J. se levantó.

–Está mejor –afirmó la enfermera antes de marcharse,

–Estarás más cómoda en el sillón –dijo T.J. a Sage.

–Estoy bien aquí.

–Eli está mejor. El sillón es reclinable. Tal vez

puedas dormir un poco. Te traeré una manta –había visto almohadas y mantas en el armario.

Ella asintió.

–Supongo que puedo estar apartada unos metros de él.

–Así se habla.

–Tiene mejor color, ¿verdad? –se puso en pie despacio.

–Sí –T.J. no estaba convencido de ello.

–Es buena señal.

–En efecto. Y mejor señal aún es que le esté bajando la fiebre. ¿Quieres comer o beber algo?

–Tengo sed.

Había una pequeña nevera en la habitación y T.J. la abrió mientras Sage se sentaba.

–¿Quieres agua, zumo o leche?

–Zumo de naranja.

T.J. abrió una botella de zumo para ella y sacó una de agua para él. Dejó el zumo en la mesa, sacó una manta del armario y tapó a Sage con ella.

–Hace tiempo que nadie me arropa –dijo ella sonriendo levemente.

–¿Necesitas que lo haga?

–No, así está bien –agarró el zumo.

–Tienes que animarte, Sage. Eli es un luchador. Ya casi había vencido la enfermedad.

–Debe de haberlo heredado de ti.

T.J. se emocionó tanto que tuvo que parpadear al sentir lágrimas en los ojos. Sage veía algo de él en Eli. No encontró palabras para contestarle.

–Se ríe como tú –afirmó ella después de haber

71

tomado un sorbo de zumo–. Y no me había dado cuenta hasta la noche que nos reencontramos en le hospital, pero anda como tú. Es curioso lo que hace la genética.

–Es un chico estupendo. Me muero de ganas de conocerlo mejor.

Ella no dijo nada. T.J. no sabía bien qué decir. Había muchas cosas de las que debían hablar. Pero ella necesitaba descansar. Con suerte, dormiría. Todo lo demás tendría que esperar.

–Parece que al final has ganado la partida –comentó ella.

–No quería que fuera de este modo.

–Lo sé. He accedido por el bien de Eli. Y aquí estamos. Deberá permanecer en el hospital un tiempo, por lo que voy a tener que dejar el trabajo.

–No necesitas trabajar.

Los problemas de dinero para Eli y ella se habían acabado para siempre.

–Claro que necesito hacerlo. Quiero tener independencia económica y, además, me gusta trabajar. Sin embargo, mi hijo me necesita más. En primer lugar, soy madre. Ha sido así desde que me quedé embarazada.

–Lo siento mucho –dijo él–. No sabes cómo he lamentado que me dejara convencer para participar en aquella estúpida broma. Incluso antes de saber todo esto, siempre he deseado poder volver atrás y cambiar lo sucedido.

–Yo no lo lamento en absoluto. Si tuviera que elegir, me quedaría con Eli por encima de todo.

–También tú eres estupenda –dijo T.J. al tiempo

72

que le agarraba la mano. Le pareció pequeña, fría y delicada. No se la soltó.

A Sage la despertó la voz de Eli. Se reía débilmente, pero se reía.

Abrió los ojos y vio a T.J. sentado en el borde de la cama. Los dos miraban una tableta y al lado de ellos había una enfermera. Estaban de perfil. Sonrieron a la vez y Sage se quedó estupefacta por lo mucho que se parecían.

–Debes empezar despacio –dijo la enfermera a Eli al tiempo que le ponía la mano en el hombro y señalaba algo en la pantalla de la tableta. Era guapa. T.J. la miró y los ojos le brillaron. Sage sintió celos. Al darse cuenta, los sofocó.

–Mamá –dijo Eli al ver que se había despertado–,tienen un menú interactivo. Puedo tocar lo que quiera comer y me lo traen.

–Buenos días –saludó alegremente la enfermera a Sage–. Buenas noticia: Eli ya no tiene fiebre y dice que está hambriento.

–¿Debería empezar tomando líquidos? –preguntó Sage mientas se levantaba.

Se atusó el cabello con las manos. Se le había arrugado la ropa y se sintió en desventaja con respecto a la enfermera, con su impecable uniforme.

–El menú está adaptado a la situación de cada paciente. Y, además, un dietista comprueba lo que se solicita.

–Tienes mucho mejor aspecto, cariño –afirmó Sage acercándose a Eli.

–T.J. me ha dicho que he montado en helicóptero.

Sage miró a T.J. Estaba tan fresco y guapo como siempre.

–Así es. Nos tenías preocupados.

T.J. se apartó y Sage se sentó en el borde de la cama mientras la enfermera se marchaba. Sage le puso a Eli la mano en la frente. No tenía fiebre.

–¿Esto tiene juegos? –preguntó Eli pasando el dedo por la pantalla de la tableta.

–Creo que acabas de pedir zumo de tomate –observó T.J. al tiempo que la agarraba–. Pero hay un botón para anularlo.

–¿Me dejarán ver la televisión? –preguntó el niño al tiempo que indicaba con la cabeza la gran pantalla que colgaba de la pared.

–Después de desayunar –dijo Sage.

–¿Tienen un canal de deportes?

–Seguro que sí –contestó T.J.–. Probablemente a tu madre no le importará que veamos un partido.

–Lo único que te pido es que no te canses. Si notas que estás cansado, quiero que duermas un rato, ¿de acuerdo?

–Llevo semanas durmiendo –afirmó el niño.

–Lo sé. Estoy muy contenta de que te encuentres mejor –le dio un beso en la cabeza.

–¿Te importa que me lleve a tu madre a desayunar? –preguntó T.J.–. A nosotros no nos van a servir el desayuno aquí como a ti.

–¿Tienes que ir a trabajar? –preguntó Eli a su madre–. ¿Qué día es hoy? ¿Me estoy perdiendo las clases?

–¿No te ha dicho T.J. que nos hemos ido de Seattle?

Eli miró a T.J. asombrado.

–En el helicóptero –explicó este–. Estamos cerca de un pueblo que se llama Whiskey Bay, en la costa, al sur de Seattle.

–¿Estamos en la playa?

–Muy cerca.

–Tu profesor ha dicho que podrás ponerte al día –dijo Sage con alegría–. Y no, no voy a ir a trabajar hoy. Estoy muy lejos.

–¿Te vas a quedar aquí? –preguntó el niño, preocupado.

–Todo el tiempo que te quedes tú.

Eli pareció quedarse tranquilo.

Una enfermera distinta a la anterior entró con una bandeja en la que llevaba leche, zumo de naranja y gelatina roja.

–Tú debes de ser Eli. Me han dicho que tienes hambre.

–No me has traído el helado –dijo el niño, decepcionado.

–No te preocupes. Ahora viene –dejó la bandeja en la mesita con ruedas que había al lado de la cama–. ¿Has visto que el menú está en rojo, amarillo y verde? Tienes que pedir dos cosas de la sección verde y una de la amarilla y, entonces, puedes pedir una de la roja.

–O sea, ¿tengo que comerme algo verde y amarillo antes?

–Exactamente –respondió la enfermera.

–Muy bien –dijo Eli con aire de resignación.

–Queríamos ver un partido de béisbol –comentó T.J. tomando el mando a distancia.

–Las cadenas deportivas empiezan a partir del trescientos –dijo la enfermera.

T.J. encendió el televisor mientras Sage observaba con alivio a su hijo comiendo. Su sistema inmunitario estaba aún débil, pero el peligro había pasado.

En la pantalla del televisor se veía un partido de béisbol. T.J. le dijo a Sage en voz baja:

–Tú también necesitas desayunar.

Ella estuvo de acuerdo Necesitaba ducharse y ropa limpia, pero todo lo que tenía estaba en Seattle.

–Tengo que volver a Seattle –dijo a T.J. Después se dirigió a Eli para tranquilizarlo–. Debo ir a por ropa y a explicar en el trabajo lo sucedido.

–No tienes que marcharte inmediatamente –apuntó T.J. con el ceño fruncido.

Sage no estaba dispuesta a discutir con él delante de su hijo.

–¿Estás bien? –le preguntó–. No te canses. Duerme un rato después de desayunar.

–No soy un niño pequeño.

–Es verdad –le apretó la mano a modo de despedida.

–No necesitas nada de casa ahora mismo –repitió T.J. cuando salieron al pasillo.

–Necesito ropa.

–Puedes comprarla aquí, en Whiskey Bay. Tenemos tiendas.

Se montaron en el ascensor.

Ella se sentía violenta, molesta porque él la estaba acorralando.

—Me temo que me he dejado la tarjeta de platino en casa —afirmó ella con ligereza.

Él la miró sin entender. Después, negó con la cabeza.

—Muy bien. Vamos a solucionar esto de una vez por todas —se sacó la cartera del bolsillo trasero del pantalón y extrajo de ella una tarjeta de crédito—. De momento, usa esta.

—No, no —ella retrocedió, levantando las manos.

La puerta del ascensor se abrió. Cuatro personas lo esperaban en el vestíbulo.

Ella, avergonzada, avanzó hacia la salida. T.J. fue detrás.

—Toma la tarjeta, Sage.

—No voy a hacerlo.

—Te debo nueve años de pensión por Eli. No sé qué piensas comprar, pero seguro que no te lo gastas todo en un día.

—No me debes nada —dijo ella mientras llegaban a la puerta principal, que él abrió inmediatamente para que ella pasara.

—Te lo debo todo.

Al salir, Sage se dio cuenta de que no sabía dónde iba, por lo que se detuvo. La realidad se impuso. No tenía coche ni dinero y debía dejar su empleo. Y tampoco quería que Eli continuara viviendo en un barrio que se estaba deteriorando. Pronto sería un adolescente y la influencia que el barrio ejercería sobre él sería mayor.

T.J. era la solución a todo eso. Lo único que ella

tenía que hacer era renunciar a su orgullo. Lo haría por Eli.

—De acuerdo.

—¿Aceptas la tarjeta?

—Acepto eso y todo lo demás —lo miró a los ojos y se lanzó al abismo—. Me trasladaré a Whiskey Bay y viviré en tu casa, pero te pagaré un alquiler. Buscaré trabajo.

T.J. no pareció alegrarse, que era lo que ella esperaba. De hecho, frunció el ceño.

—He cambiado de idea.

La expresión de abatimiento de Sage le indicó a T.J. que había vuelto a meter la pata.

—Me refiero a que tenemos que hablar de lo que vamos a hacer —se corrigió él mientras buscaba un lugar tranquilo para hacerlo—. No digas nada, por favor —le indicó un sendero que él sabía que conducía a un jardín.

—No quiero caminar ni hablar. Si has cambiado de idea, ya está.

—Por favor —rogó él.

Ella vaciló, pero, al cabo de unos segundos, sacó pecho, apretó los labios y se dirigió al sendero.

—Lo que sucede —dijo él mientras pasaban al lado de un parterre de tulipanes y narcisos— es que estoy pensando qué es lo mejor para Eli.

—¿Es esa tu forma de decirme que me vas a llevar a juicio?

—No, no voy a hacerlo. Espero que no sea necesario. No deseo que intervengan abogados en este asunto.

—No tengo abogado.

–Yo tengo cuatro –T.J. se quedó en silencio durante unos segundos–. Lo siento. Se suponía que eso era una broma –se dio cuenta de que estaba empeorando las cosas por momentos.

Habían llegado a un cenador con vistas al mar.

–¿Nos sentamos? –propuso él señalando los bancos de aquel refugio octogonal.

Ella, con aire resignado, subió los tres escalones y se sentó en el borde de un banco.

–Voy a comenzar de nuevo –dijo él mientras se sentaba a su lado y se giraba un poco para poder verle el rostro–. Te pido que me escuches hasta el final.

Ella siguió callada, lo cual a T.J. le pareció esperanzador.

–Quiero lo mejor para Eli y sé que tú también. Creo que lo mejor para él es Whiskey Bay. Sé que no ves los problemas que tiene vivir en una planta baja y puede que tu barrio sea mejor de lo que me parece. Y, aunque es cierto que podría trasladarme a vivir a Seattle, no quiero hacerlo. Mi hogar está aquí. Lauren y yo diseñamos y construimos la casa, y no estoy dispuesto a renunciar a ella. Mis dos mejores amigos, Matt y Caleb, viven al lado. No pretendo que esto se convierta en una competición ni tampoco que parezca que estoy alardeando.

T.J. se detuvo a tomar aliento, pero ella no lo interrumpió.

–Quiero que Eli viva conmigo, y tú, que lo haga contigo. Sin embargo, no deseo que vivas en mi casa de alquiler ni que te sientas como si fueras una invitada. Lo que quiero es que Eli tenga una familia.

Sage lo miró sin entender.

–Me has dicho que no había nadie en tu vida. Yo he perdido el amor de la mía. Sé que no voy a conocer a alguien que se pueda comparar con Lauren. Sin embargo, quiero que Eli tenga una familia, unos padres que estén con él todo el día, no que vivan separados, de modo que él tenga que estar yendo y viniendo y pueda acabar sintiéndose como una pelota que nos lanzamos sucesivamente. Tal vez necesite consejos masculinos; o puede que necesite el abrazo de su madre, la seguridad de saber que estás ahí, que la persona que lo ha criado desde su nacimiento está con él. Sea lo que sea lo que necesite, quiero que lo tenga.

El color había abandonado las mejillas de Sage.

–T.J., no podemos...

–Sí podemos, podemos intentarlo. Si fracasamos y tú conoces a alguien más adelante, nos separaremos. Pero, mientras tanto, lo quiero todo: el anillo, la ceremonia y una cuenta corriente común –le agarró la mano–. No puedo pedirte que renuncies a tu vida sin ofrecerte otra.

Ella tardó varios segundos en hablar.

–Un matrimonio de conveniencia.

–Sí.

–Es una solución radical a un problema muy normal.

–No tiene nada de normal. Y aunque lo tuviera, nuestras circunstancias son únicas. ¿Por qué no iba a serlo la solución?

–¿Qué les diremos a los demás? –preguntó ella buscando argumentos en contra.

–La verdad: que nos conocemos desde la adolescencia, que tenemos un hijo, que nos hemos vuelto a encontrar y nos hemos casado. Es lo único que deben saber.

–Viviremos en una mentira.

–No, no te pediría que lo hicieras. Puedes darle los detalles a quien quieras. Yo se los daré a muy pocas personas.

–Me parece increíble que estemos hablando en serio de esto.

Él le soltó la mano y se apoyó en el respaldo del banco.

–Hay muchas cosas de las últimas semanas que me parecen increíbles.

Ella se recostó a su vez y ambos se quedaron callados.

–Antes de que te localizaran –dijo ella, por fin–, cuando supe la mala noticia me juré que haría lo que fuera, daría lo que fuera, soportaría lo que fuera, con tal de que Eli se curara. Supongo que esto no sería lo peor que me podía pasar.

–Me halagas –dijo él sonriendo. Y cuál no sería su sorpresa cuando ella le sonrió a su vez. Incluso rio brevemente.

–No voy a endulzar la situación.

T.J. la tomó de la mano y ambos se levantaron.

–Entonces, ¿de acuerdo? ¿Estamos juntos en esto?

–¿En criar a Eli y conseguir que se cure?

–En las dos cosas.

–Eres su padre.

–Así es.

–Sí, estamos juntos en esto.

# Capítulo Seis

Sage apenas podía pronunciar los votos. Tragó saliva, pero tenía la garganta seca. Dudaba de que el juez de paz pudiera oírla.

Estaban en una sala del juzgado de Whiskey Bay. Matt y Tasha, amigos de T.J., eran los testigos. El anillo de diamantes le pesaba a Sage en el dedo. Le había dicho a T.J. que un anillo de compromiso era innecesario, pero él había insistido.

Matt y Tasha sabían que era una boda de conveniencia, pero, para la gente en general, habían acordado que lo mejor para Eli era que su familia pareciera lo más normal posible.

Sage sabía que era una decisión acertada, pero se sentía una impostora con aquel anillo.

Consiguió decir los votos y se armó de valor para mirar a T.J. Tenía una expresión sombría, casi triste. Pero le apretó las manos y consiguió esbozar una leve sonrisa.

Debía de estar pensando en Lauren. Sage sabía cuánto la echaba de menos y se imaginaba que su boda no debía de haber tenido nada que ver con aquella sencilla ceremonia.

El juez de paz pidió los anillos. Matt los mostró y T.J. le puso a Sage la alianza; ella hizo lo propio.

–Puede besar a la novia.

T.J. inclinó la cabeza y Sage levantó la suya para recibir sus labios. Se dijo que podía hacerlo. No iba a ser su primer beso. Y aquel lo había revivido miles de veces.

Se preparó para el placer que recordaba. Estaba lista. Los labios de él rozaron los suyos y se despertó en ella un torrente de emociones. ¡No estaba preparada! El tiempo debía de haber amortiguado el recuerdo.

Cientos de estrellas le explotaron en el cerebro, se sintió sofocada y el deseo la invadió

Abrió los labios. El beso se hizo más profundo y, antes de darse cuenta, apretó su cuerpo contra el de T.J. y lo abrazó por el cuello.

Él le puso las manos en las caderas y la apartó de sí. Ella parpadeó para volver a la realidad. Estaba avergonzada.

—Felicidades —dijo Tasha al tiempo que abrazaba a Sage.

—Enhorabuena —Matt estrechó la mano de T.J.

Sage se esforzó en controlar el pulso, que tenía acelerado, y en fingir que no había hecho el ridículo de manera notable.

—Caleb ha preparado el salón privado del Neo —dijo Matt—. Nada excesivo. Solo estaremos nosotros, ellos, y Noah y Melissa.

—El chef del Neo es increíble —comentó Tasha.

—Vamos a celebrarlo —apuntó Matt.

Muy incómoda, Sage miro a Tasha.

—Chicos, ya sabéis… Quiero decir que no es verdaderamente…

—Sabemos que no es un matrimonio convencional –observó Tasha–. Sin embargo, eso no significa que no formes parte de la familia–. Me muero de ganas de conocer a tu hijo. ¿Cómo está?

–Mejor –contestó Sage.

Había transcurrido más de una semana desde que lo habían trasladado a Highside. Eli recuperaba fuerzas día a día.

–Se está impacientando –añadió Sage.

–No me extraña –dijo Tasha–. ¿Le interesa la mecánica?, ¿los coches?, ¿los barcos?

–Le gusta el béisbol. Juega de *catcher*.

El único que parecía más impaciente que Eli era T.J. Los dos habían establecido un vínculo gracias al deporte. Sage sabía que su hijo se sorprendería cuando le dijeran que T.J. era su padre, aunque esperaba que se alegrara.

Era optimista al respecto, pero no quería dar nada por sentado. Habían acordado contárselo cuando le dieran el alta.

–Bueno, vamos a celebrarlo –dijo Tasha. Hizo un gesto a Sage para que saliera con ella–. Yo conduzco.

–Desde luego –afirmó Matt con una sonrisa.

–Cometió el error de casarse conmigo –afirmó Tasha alegremente mientras andaban–. Así que, ahora, la mitad de su BMW es mío.

–No lo hace tan mal cuando pilota barcos –apuntó Matt, detrás de ellas.

Tasha rio.

–¿Conoces a Jules? –preguntó a Sage.

–No. T.J. me ha hablado de Caleb y Jules. Sé que tienen gemelos.

–Van a cumplir cinco meses. Son adorables –Tasha se llevó la mano al vientre y se le iluminó el rostro–. Estoy embarazada de cuatro meses.

–Felicidades a los dos –dijo Sage mientras bajaban la escalera del juzgado.

–Creo que es estupendo que les des a T.J. y Eli la oportunidad de estar juntos –comentó Tasha tocando el hombro a Sage.

–Sé que es lo mejor para Eli.

Tasha le indicó el coche de color gris al final de la calle.

–Lo es, pero tú también cuentas. Ven conmigo. Matt irá con T.J.

Sage miró hacia atrás. Los dos hombres se hallaban a unos metros de ella y conversaban. Sage supuso que T.J. desearía que sus amigos lo apoyasen en el paso que acababa de dar.

–Yo voy a sacar mucho de este acuerdo –afirmó Sage al tiempo que recordaba que T.J. se había ofrecido a amueblar el piso de arriba al gusto de ella.

–¿Te refieres al dinero? El dinero no importa.

–Importa cuando no lo tienes.

Tasha se volvió y gritó:

–Llevo yo a Sage. Nos vemos allí.

Sage resistió la tentación de volverse para ver la reacción de T.J. A él no le importaría. No estaba ansioso por quedarse a solas con su esposa. Casi se echó a reír al pensarlo.

Tasha abrió el coche y se montaron. Sage se estiró el vestido. No tenía mucho donde elegir en cuestión de vestidos y no había sido una boda formal. T.J. había querido comprarle uno, pero ella se había negado.

Había recogido parte de la ropa que tenía en su casa y, para la boda, se había puesto un vestido que había comprado tres años antes en las rebajas para la fiesta de Navidad del centro cívico en el que trabajaba.

—Necesitas dinero para lo básico —afirmó Tasha mientras arrancaba—. Matt tiene mucho, pero invertido, por lo que tiene que estar preocupándose constantemente por él. T.J. tiene demasiado, y no sabe cómo gastárselo, pero tampoco cómo dejar de seguir ganándolo.

—No creas que me da pena.

—Te entiendo —respondió Tasha riéndose.

Había poco tráfico en la carretera de la costa y Tasha conducía sobrepasando el límite de velocidad, pero parecía sentirse a gusto y tomaba las curvas a la perfección.

—T.J. dice que eres un genio.

Sage creía que sacar sobresalientes en el instituto no la hacía merecedora de ese nombre.

—No me conoce bien.

—También dice que no fuiste a la universidad para cuidar de Eli.

—Así es, y no me arrepiento. Volvería a hacerlo.

—Lo siento. No era mi intención criticarte.

—Es un tema delicado. T.J. tiene una opinión muy clara al respecto.

—¿Has pensado en retomar los estudios?

—Ahora sí que veo que has estado hablando con

T.J. ¿Me habéis tendido una trampa? –preguntó Sage medio en broma.

–Claro que no. Yo nunca traicionaría a una mujer.

Esa vez fue Sage la que se disculpó.

–Perdona.

–No pasa nada. Aún no me conoces, pero cuando lo hagas sabrás que soy una gran defensora de que las mujeres hagan lo que deseen.

Sage sabía que Tasha se había convertido en mecánico de barcos en contra de la voluntad de sus acaudalados padres.

–No sé qué es lo que te apasiona; puede que tú tampoco lo sepas. Pero encuéntralo y lucha por ello. Y no dejes que ni T.J. ni cualquier otra persona te diga lo que es.

A Sage le comenzaba a caer bien Tasha. Y sus palabras la hicieron reflexionar.

Cuando le hubieran dicho a Eli que T.J. era su padre; cuando su hijo y ella se hubieran instalado en Whiskey Bay; cuando hubieran establecido una rutina doméstica, ¿qué haría ella?


–Me parece estupenda –dijo Caleb a T.J. Estaban sentados en un extremo de la mesa rectangular del salón privado del restaurante Neo. Era el decimoséptimo restaurante de Caleb en el país y se había inaugurado dos semanas antes.

T.J. miró a Sage, a quien Tasha intentaba tentar con algo del carrito de postres.

La había besado. Sabía que iba a hacerlo, ya

que era lo obligado al final de una ceremonia nupcial. Lo que no sabía era que iba a besarla con todo su ser. Su vista se dirigió a sus labios y sintió nacer en él el deseo.

—Es estupenda. Nunca he dicho que no lo fuera.

—Pero no es Lauren.

—Nunca lo será —dijo T.J. con gran sentimiento de culpa. Le parecía haber traicionado a Lauren al besar a Sage. Pero también a esta al compararla con aquella. No iba a volver a compararlas. Las situaciones eran completamente distintas.

—No estoy seguro de que hayas reflexionado debidamente sobre esta boda —comentó Caleb.

—Lo he hecho —además ya estaban casados. T.J. deseó que Caleb lo apoyara tanto como Matt.

—El matrimonio es algo grande.

—No se trata de esa clase de matrimonio.

—No hay clases distintas de matrimonio —objetó Caleb.

—Hay miles. La gente se casa por dinero, por amor o por los hijos.

—Eso suele pasar cuando ella está embarazada y…

—Más vale tarde que nunca. He pensado en otras posibilidades, pero quiero ser justo con Sage. Se merece una vida segura. ¿Te imaginas vivir en casa ajena, sujeta a los caprichos del dueño?

—¿Me estás diciendo que podrías haberla echado? No me lo creo.

—Lo que digo es que ella no tendría forma de saber cómo la iba a tratar. Casándose conmigo, la mitad de la casa es suya. No podría echarla aunque quisiera –T.J. miró fijamente la mesa. No quería mirar a Sage de nuevo y arriesgarse a volver a desearla–. No quiero ni querré hacerlo, pero ahora ella no tendrá que preguntárselo.

–La casa es una cosa, pero el contrato prematrimonial tiene que quedar muy claro.

–No hemos firmado un contrato prematrimonial.

Caleb parpadeó varias veces.

Matt se sentó en ese momento con ellos.

–¿Qué pasa? –Matt miró a uno y a otro alternativamente.

–Alguien le ha hecho un agujero a T.J. en el cráneo y le ha extraído medio cerebro.

–Una explicación muy original –comentó Matt.

–Es la madre de mi hijo –dijo T.J. a Caleb.

–A la que llevabas nueve años sin ver. No sabes nada de ella. Esto podría ser… cualquier cosa.

–¿Crees que es una trampa? ¿Crees que hacerme donar médula para mi hijo forma parte de un plan maquiavélico para robarme el dinero?

–Ah, hablabais del acuerdo prematrimonial. Ya te dije que reaccionaría así.

–No tiene que reaccionar de ningún modo –le dijo T.J. a Matt.

–¿Cómo has podido ser tan estúpidamente caballeroso? –preguntó Caleb alzando la voz–. ¿No has aprendido nada del divorcio de Matt?

–A mí no me metáis en esto –comentó Matt.

–Tu historia debería servir de ejemplo para ser precavido –afirmó Caleb.

–Sage no es Diana –dijo T.J. Sage no se parecía

en absoluto a la exesposa de Matt, a quien únicamente le interesaba el dinero.

–¿Cómo lo sabes? Apenas la conoces. Un acuerdo prematrimonial es fundamental para…

–¡Eh! –giró Jules para hacerse oír.

T.J. se dio cuenta de cómo habían elevado la voz. Miró a Sage y a todos los demás. Ella sostenía un plato con un trozo de tarta de queso que no había probado y parecía avergonzada.

T.J. se levantó.

–Sage… –comenzó a decir Caleb en tono arrepentido.

–Yo… –Sage dejó el plato en la mesa–. Muchas gracias a todos. Ha sido un gran día y estoy cansada –agarró el bolso que había colgado del respaldo de la silla–. Buenas noches –se dirigió a la puerta y T.J. la siguió al tiempo que vio por el rabillo del ojo que Caleb también se levantaba, pero que Jules lo detenía.

T.J. no llamó a Sage mientras cruzaban el restaurante y se mantuvo a distancia. Esperó a que hubiera salido para acercársele.

–Lo siento, Sage.

–No has hecho nada, no tienes que disculparte –dijo ella mientras caminaba con la barbilla muy alta.

–Sé que ha sido Caleb, pero no era ese el sitio para ponerme a discutir con él de esa manera el día de nuestra boda.

–No me esperaba un drama.

–Yo tampoco –T.J. le señaló dónde había aparcado.

–Supongo que tengo que irme a casa contigo.

–Ese era el plan.

–En teoría, parecía sencillo.

Él no supo qué responder. ¿Se arrepentía de haberse casado con él? Se preguntó qué pensaría del beso que se habían dado. ¿Se habría acordado de la primera vez que se habían besado? Y al hacerlo, ¿habría recordado, como le había pasado a él, por qué había nacido Eli?

Ella se dirigió al coche. Los dos se montaron y se abrocharon el cinturón de seguridad.

–Caleb no se equivoca –dijo Sage–. No se me había ocurrido. Pero, con todo el dinero que tienes, necesitas un acuerdo prematrimonial.

–¿Crees que quiero protegerme contra ti? –preguntó él mientras metía primera. Soltó el embrague bruscamente y salió del aparcamiento. No se había imaginado que fuera a tener aquella discusión.

–Es lógico. No sabemos adónde nos va a conducir este matrimonio ni qué puede pasar.

Ella estaba en lo cierto, pero T.J. tenía las ideas muy claras sobre el contrato prematrimonial.

–Eli es mi hijo y tú eres su madre y, ahora, mi esposa. Los dos sois mi familia.

–De forma tangencial.

–No, de forma fundamental. Suceda lo que suceda, con independencia de lo que nos depare el futuro y del dinero que tenga o deje de tener, me he casado contigo por nosotros tres. Cuando te dije que estábamos juntos en esto, eso era exactamente a lo que me refería.

Sage se volvió a mirarlo sin decir nada. Habían llegado y T.J. apagó el motor y se preparó para lo que le fuera a decir.

—No te entiendo —observó ella en un tono tan suave que lo sorprendió—. Te podría quitar, ¿cuánto?, ¿tropecientos millones de dólares? Y tú estás tan tranquilo.

—Tropecientos no es una cifra. ¿Vas a hacerlo? —preguntó, aunque ya sabía la respuesta.

—No.

—Lo sé.

Ella negó con la cabeza y sonrió. Estaba muy hermosa a la luz de la luna. Objetivamente hablando, lo era. Sus ojos verdes brillaban cuando estaba contenta. Su cabello color caoba reflejaba cualquier tipo de luz. Y sus pecas, levemente insinuadas, convertían lo que hubiera sido un rostro de belleza clásico en un rostro más cercano.

—No lo sabes. No sabemos lo que sucederá —agarró el picaporte—. Esto va a ser muy extraño.

T.J. pensó que era una manera de decirlo. Captó el brillo de su alianza al disponerse a bajar del coche y, de repente, se sintió lleno de lealtad y dedicación. Extraño o no, tenía una familia y un nuevo objetivo en la vida.


Sage se sentía como una invitada en casa de T.J.; mejor dicho, como si viviera en una casa de las que aparecían en las revistas.

Verena Hofstead, el ama de llaves, iba todas las mañanas. Era muy simpática y muy profesional.

Limpiaba el polvo de superficies que no lo tenían y pasaba la aspiradora a alfombras que nadie pisaba.

T.J. le había dicho a Sage que, cuando la necesitaran, disponían de una cocinera. Él solía comer fuera y se conformaba con platos sencillos, por lo que no la usaba con frecuencia. Pero le había dejado a Sage su número de teléfono.

Sage no se imaginaba llamándola para que le preparara las tostadas del desayuno o le asara un pollo para cenar. Todo era surrealista.

T.J. le había dejado las llaves del todoterreno y le había dicho que fuera a Olympia a comprarse un coche, así como muebles para el piso de arriba. Le sugirió que una de las habitaciones podía convertirse en un salón. Ella lo estaba intentando, pero no se decidía a comprar cosas tan caras.

En aquel momento deambulaba por la enorme cocina abriendo armarios para familiarizarse con lo que había en ellos. Verena estaba haciendo la colada.

Llamaron a la puerta.

–¿Hola? –era un voz femenina.

–Hola –contestó Sage dirigiéndose al vestíbulo.

T.J. dejaba la puerta abierta de día y sus vecinos tenían la costumbre de entrar sin esperar a que se la abrieran. A Sage le resultaba difícil habituarse.

–Soy Melissa.

–Ah, hola –Sage la había conocido tres días antes, en la cena en el Neo.

–¿Te pillo en mal momento?

–No.

Melissa miró el iluminado salón de altos techos.

–Me encanta esta casa.

El sol entraba por la puerta de cristal que daba a la terraza con vistas al mar. Gracias a Verena, los muebles de madera de cerezo brillaban y los sofás y sillones estaban bien colocados.

–Me parece que vivo es una casa de revista.

–Y que lo digas –dijo Melissa riendo–. Yo me crié en un piso de Portland que no se parecía en nada a esto. Noah está reformando la antigua casa de mi abuelo, pero no es comparable a esta. Ya has visto la casa de Jules y Caleb, y la de Matt también es impresionante. Pero T.J. se lleva la palma en cuanto a grandiosidad y opulencia.

–Qué suerte he tenido –afirmó Sage, aunque no se sentía afortunada, sino desorientada–. ¿Quieres sentarte? ¿Te apetece un refresco o un té con hielo? O cualquier otra cosa que te apetezca –en la casa había tres neveras, las tres bien abastecidas.

–Sí, voy a sentarme. Tomaré lo que tomes tú.

Melissa eligió un sillón cerca de la puerta de la terraza y Sage fue al mueble bar, con nevera, que había a un lado del salón. Eligió una botella de tónica y llenó dos vasos de hielo. Era como vivir en una casa mágica. Todo estaba siempre al alcance de la mano.

Melissa colocó dos posavasos en la mesita que había entre los dos sillones. Sage se sentó en el otro.

–¿Te han hablado del Festival de Verano de Whiskey Bay?

Sage negó con la cabeza mientras servía la tónica.

–Se celebra en julio, en el parque. Hay música, comida, juegos, una fiesta de disfraces infantil y baile y fuegos artificiales para terminar.

–Parece divertido.

–Lo es. Estoy en el comité organizador. He venido por dos razones: la primera es para pedirte una donación, por supuesto. T.J. siempre da dinero.

–Tendré que consultar a T.J. sobre la cantidad.

–De acuerdo. Voy a dejarte la información de lo que se necesita este año. El año pasado pagó la tienda principal y los fuegos. Pero lo más importante es que quiero invitarte a que formes parte del comité organizativo.

Sage se quedó sorprendida.

–No es mucho trabajo, te lo aseguro. Y es divertido. Y sería una forma estupenda de que fueras conociendo a la gente de la comunidad.

–¿Y cómo reaccionaría la gente? –preguntó Sage, nerviosa a la vez que agradecida a Melissa.

–Supongo que agradecerían la ayuda.

–¿Qué dicen de mí?

–Sienten curiosidad –afirmó Melissa antes de dar un sorbo de su vaso–. La boda ha sido muy rápida y todo el mundo ya sabe lo de Eli o se lo imagina, ya que T.J. y tú os conocisteis en el instituto.

A Sage le preocupaba cómo encajaría su hijo en la comunidad. Un hijo ilegítimo ya no era algo escandaloso, pero despertaría la curiosidad de la gente.

–Están contentos, sobre todo, por T.J. Todos querían a Lauren y T.J. por lo mucho que contribuían a la comunidad y lo simpáticos que eran.

Sage se puso aún más nerviosa.

–Me parece que no voy a poder estar a al altura.

Si T.J. era un miembro de la comunidad tan querido, era probable que la gente se pusiera de su parte y que consideraran que ella era la mala de la película por haberle privado de su hijo durante tanto tiempo.

–No, no me refería a eso. La gente está contenta por T.J., pero quieren conoceros a ti y a Eli. Nadie sabe...

–Que el nuestro no es un verdadero matrimonio –Sage sabía que T.J. se lo había contado a sus amigos.

–Lo único que saben es que se trata del reencuentro de dos enamorados del instituto. Como T.J. y tú resolváis vuestros asuntos familiares no le importa a nadie.

–No estuvimos enamorados en el instituto.

–T.J. nos ha contado lo que pasó.

–¿Qué fue exactamente lo que os dijo? –preguntó Sage sorprendida.

–Les confesó a Caleb y a Matt que había sido una broma.

–Me sorprende que lo hiciera.

–Fue una idiotez. Se sentía fatal.

–Me resulta difícil aceptar que el hombre en que parece haberse convertido sea el mismo que el tipo que se acostó con una mujer a causa de una broma –afirmó Sage con amargura.

Melissa enarcó las cejas, pero no dijo nada. El silenció se alargó.

–¿Qué? –preguntó Sage, por fin.

–¿Crees que fue eso lo que pasó?

–Eso fue justamente lo que pasó. Yo estaba allí –contestó Sage molesta.

–Pero lo único que iba a hacer era besarte. Hasta ahí llegaba la broma: bailar contigo y darte un beso. Según Caleb, T.J. no tenía intención de acostarse contigo. Y no se lo contó a nadie, por aquel entonces.

Sage se quedó sin habla. La premisa en que había basado los últimos diez años de su vida se había venido abajo.

–Eso es... ¿Cómo puede ser?

–¿Sabe T.J. que no lo sabes?

–Lo ignoro.

–Pues asegúrate.

Melissa tenía razón. T.J. se había comportado mal, había hecho algo terrible, pero no tanto como ella había creído.

–Bueno, sigamos con el festival –dijo Melissa. ¿Te interesa?

–Sí, claro. Gracias por haber pensado en mí.

Iba a quedarse en Whiskey Bay. Debía enfrentarse a la realidad. De todos modos, ya había comenzado a pensar en perdonar a T.J. Y aquella revelación le confirmó que debía hacerlo.

# *Capítulo Siete*

Al volver de visitar a Eli una noche, T.J. había convencido a Sage de que se tomara una copa de vino con él. Había elegido uno de reserva de la bodega y estaba descorchando la botella en el salón mientras ella lo recorría de un lado a otro inquieta, como siempre parecía.

T.J. sabía que aún no se sentía como en casa, por lo que quería hacer algo para facilitárselo.

–¿Por qué no contratas a un decorador para que eche un vistazo a las habitaciones de arriba? –tal vez cuando ella tuviera su propio espacio, se tranquilizaría.

–¿Por qué no me lo habías dicho? –preguntó ella deteniéndose en el medio del salón, decididamente tensa.

–¿Qué contratases a un decorador? –preguntó él mientras servía el vino–. Pues te lo digo ahora.

–¿Por qué no me habías dicho lo que pasó esa noche? –preguntó ella sin hacer caso de la broma.

T.J. tomó las copas y le indicó con la cabeza la chimenea para que se sentaran frente a ella.

–¿Qué noche? –T.J. se detuvo.

–La del baile del instituto. La de la broma.

Lo que había sucedido aquella noche era lo último de lo que quería hablar T.J. en aquel momento. Había sido un buen día. Eli progresaba en su recuperación. Y durante todo el día, en su despacho, T.J. había estado deseando volver a casa para ver a Sage.

En vez de sentarse frente a la chimenea, siguió andando hasta los dos sillones, separados por una mesita redonda, donde dejó las copas.

—Ya sabías lo de la broma —contestó mientras pulsaba el interruptor que encendía la chimenea de gas.

—Y tú sabías lo que yo creía —apuntó ella.

Él lo suponía por la pelea que tuvieron al día siguiente.

—Y dejaste que lo siguiera creyendo.

—Será mejor que te sientes.

—No estoy enfadada.

—Pues lo pareces —afirmó él sentándose.

—Estoy desconcertada.

—Es agua pasada.

—Sí, pero es algo que nos lleva persiguiendo toda la vida. ¿Tenías que acostarte conmigo?

—No. Tenía que bailar contigo, besarte y pedirte el número de teléfono.

—Para no llamarme.

—Para no llamarte.

—Es horroroso.

Él cerró los ojos, tragándose los remordimientos que, en efecto, lo habían perseguido. Ojalá hubiera sido lo bastante fuerte para haberse negado a aquel juego. Ojalá hubiera pensado en cómo afectaría a sus víctimas.

—Pero no tan horroroso como creía —dijo Sage, que parecía más cansada que enfadada.

–Si pudiera volver atrás…

–Pensaba que acostarte conmigo formaba parte de la broma –afirmó ella acercándosele– y que habías alardeado de ello ante tus amigos. Me he pasado años pensando lo peor de ti.

–Intenté decírtelo al día siguiente cuando fui a buscarte.

–No quise escucharte.

–Pero me di cuenta de que quería explicarte lo que había pasado y disculparme más por mí que por ti, así que lo dejé correr.

–Te odié.

–Tenías todos los motivos para hacerlo –dijo él tomándola de la mano.

–Tal vez hubiera tomado una decisión distinta, de haberlo sabido.

–Por eso no te dije nada después de haber conocido a Eli. No quiero que te reproches nada a posteriori. Fue culpa mía.

–La ira no me dejaba razonar.

Él la atrajo hacia sí.

–No podías ver más allá de mi estúpido comportamiento de aquella noche.

–Lo siento mucho.

–No –dijo él sentándosela en la rodilla–. No es culpa tuya, sino mía. Fingí que era tuya porque me sentía muy culpable.

–Pero diste la cara en cuanto lo supiste –observó ella mirándolo a los ojos.

Parecía arrepentida y vulnerable. En T.J. se despertó el instinto de protegerla y no pudo evitar acariciarle la mejilla y recorrerle la mandíbula con el pulgar. Ella se puso colorada y entreabrió los labios. Él cambió de postura para atraerla hacia sí y abrazarla, para decirle que todo aquello era cosa del pasado y que tenían que mirar hacia delante. Pero acabó besándola.

Puso sus labios en los de ella para, después, abrirlos y hacer el beso más profundo a medida que lo invadían el deseo, la pasión y la satisfacción. Le rodeó la cintura con el brazo y la apretó contra sí.

Pero se le apareció la imagen de Laura y se sintió culpable.

¿Qué estaba haciendo?

Se echó hacia atrás y miró a Sage, consternado.

—No debería haberlo hecho.

Ella respiró hondo antes de apartarse de sus brazos y levantarse de su regazo.

—Los dos nos hemos dejado llevar por la emoción —afirmó ella sin mirarlo. Se sentó en el otro sillón y tomó un sorbo de vino.

T.J. se sentía claramente emocionado, pero el problema era que no sabía de qué emoción se trataba. ¿Qué era lo que sentía?

—No necesito un decorador —comentó ella en tono práctico—. Elegiré yo misma los muebles. Mañana voy a ir a Seattle. Tengo que resolver algunos asuntos y ver a algunas personas.

Él quería preguntarle qué asuntos y qué personas, pero era ella quien debía decidir si quería decírselo o no.

—Hoy ha venido Melissa. Quiere que los ayude en la preparación del Festival de Verano. Me ha preguntado si estás dispuesto a donarles dinero.

101

T.J. se dijo que debía darle las gracias a Melissa. Había sido muy amable al incorporar a Sage a la comunidad de aquel modo.

–¿Y estás de acuerdo en hacerlo? –preguntó mientras agarraba la copa.

–Sí. ¿Vas a darles dinero?

–Vamos a dárselo.

–¿Cuánto? –preguntó Sage al cabo de unos segundos, los que tardó en asimilar sus palabras.

–La cantidad que quieras.

–No soy yo quien debe tomar esa decisión.

–Claro que sí, ya que también es tu dinero.

–No lo es.

–Tendrás que acostumbrarte, Sage –dijo él al tiempo que dejaba la copa en la mesita–. Tide Rush Investments dedica una cantidad a donaciones filantrópicas. Lleva un tiempo sin usarse porque… Dan igual los motivos. Pero está ahí. Te enseñaré cómo acceder a ella. Podrás echar una ojeada a lo que se ha hecho hasta ahora. Pide a Melissa que te diga lo que necesitan. Elige una cantidad y llama a Gerry Carter, el jefe de contabilidad. Se encargará del cheque.

Ella no dijo nada y se limitó a seguir mirándole.

–Acabarás dominándolo con la práctica. También es Gerry quien se encarga de las facturas de la tarjeta que te di. Pero tienes que usarla antes de que pueda hacerlo. Compra una cama o un sofá, o una bicicleta para Eli.

–Me resulta difícil –observó ella con voz vacilante.

–Te irá resultando más fácil. Rompe el hielo mientras estés en Seattle. Cómprate un coche.

–¿Que me compre un coche con tu tarjeta de crédito? –preguntó ella sonriendo.

–En primer lugar, la tarjeta es tuya. Y sí, también sirve para comprarse un coche.

Ella negó con la cabeza y dio otro sorbo de vino.

–Puede que lo lamentes.

–Lo dudo.

Después de todo lo que había sufrido, de todo lo que él la había hecho sufrir, no se lamentaría de nada de lo que se comprara. Si la hacía feliz, bien estaba.


Después de haber comido con sus colegas del centro cívico de Seattle, Sage había ido a ver a la doctora Stannis para ponerla al día sobre el estado de Eli. La doctora se alegró mucho de las buenas noticias. Había seguido el caso solicitando información al personal de Hospital Highside, pero dijo que no había nada como la información de primera mano.

Al salir, Sage se detuvo en la habitación que había ocupado Eli para ver a Heidi.

–¡Sage! –el rostro de la niña se iluminó al verla entrar.

–¡Qué buen aspecto tienes, Heidi! –exclamó Sage sonriéndole. Se acercó a la cama y la abrazó–. Me alegro de verte. ¿Cómo estás?

–Mejor –la niña sonrió de oreja a oreja–. Ya me han quitado la escayola.

–Pronto estarás recuperada del todo –afirmó Sage echándole el cabello hacia atrás.

–Hoy he visto a mi madre –dijo Heidi.

–Eso es estupendo, cielo –Sage supuso que eso quería decir que la madre había salido de la unidad de cuidados intensivos, lo cual era un alivio, ya que era el único familiar que tenía.

–Le he hecho un dibujo de un árbol con manzanas, naranjas y piñas.

–¿Todas en el mismo árbol?

–Se llama expresión artística. Lo he aprendido en un libro que me ha leído la enfermera Amy. Pero nadie tiene tiempo para acabar de leerme *El cisne valiente* –era la última novela que le había estado leyendo Sage.

–¿Sigues teniendo el libro?

Heidi señaló la mesilla.

–Muy bien –dijo Sage sentándose en la silla que había al lado de la cama–. Vamos a leer un poco más. Le leyó hasta que la niña se hubo dormido. La besó en la frente y se prometió a sí misma que volvería pronto.

Ya era media tarde cuando emprendió el camino de vuelta. Al sur de la ciudad pasó por un concesionario de coches. No iba a comprarse uno, pero se detuvo para echar un vistazo. Nunca antes se había planteado comprar un coche nuevo.

Entró en el aparcamiento buscando una plaza libre y aún no se había bajado del todoterreno cuando un hombre muy simpático y bien vestido se le acercó.

–Buenas tardes, señora –le tendió la mano.

–Hola –dijo Sage al tiempo que cerraba la puerta del coche.

–Me llamo Cody Pender. ¿Cómo está?

–Bien –Sage estaba un poco sorprendida ante la solicitud de aquel hombre. Pero se dio cuenta de que, al verla conducir el coche de T.J., había creído que podía permitirse comprar un coche nuevo.

–¿Busca un coche?

–Solo quería echar un vistazo.

–Muy bien. Estaré encantado de enseñarle lo que tenemos.

–Muchas gracias. Me llamo Sage.

–Hola, Sage. ¿Estás pensando en un intercambio? –observó el todoterreno, que solo tenía un año y que era de la misma marca que la del concesionario.

–No.

–¿Quieres un coche o una camioneta?

–Un coche, pero no sé cuál.

–Me gusta que los clientes tengan la mente abierta. Es más divertido. Vamos al salón de exposición para que te hagas una idea de lo que te puede convenir.

El salón era inmenso y en él se exponían al menos una docena de coches de distinto color y tamaño.

–Echa una ojeada. No lo pienses mucho. ¿Cuál es el primero que te atrae?

Sage recorrió el pasillo central y se paró ante uno de tamaño medio y de color azul.

–¿Ese?

–Es un Medix Sedán. Se vende muy bien. Es

estupendo para familias, gasta poco combustible, pero acelera bien –Cody abrió la puerta del conductor–. Sube.

En ese momento, a Sage le sonó el móvil. Era T.J. El vendedor se alejó unos pasos.

–Hola –dijo ella.

–Hola. ¿Estás de camino hacia aquí?

–Sigo en Seattle. He ido al hospital a ver a la doctora Stannis y a Heidi, y me he quedado un rato leyéndole.

–¿Sigues en el hospital?

–No. Me he parado en un concesionario de coches.

–Muy bien –parecía muy contento.

–Solo estoy echando un vistazo.

–¿Te está atendiendo alguien?

–Sí.

–Dile que se ponga.

–¿Para qué?

–Quiero hacerle un par de preguntas. Hazme el favor.

–Muy bien –dijo Sage lanzando un exagerado suspiro.

Hizo una señal a Cody y este volvió rápidamente.

–Mi… –nunca había usado la palabra. Carraspeó–. Mi esposo quiere hablar contigo.

–Desde luego –Cody agarró el teléfono–. Dígame. Cody Pender al aparato.

Escuchó, enarcó las cejas y miró a Sage.

–Desde luego.

Sage comenzó a ponerse nerviosa mientras Cody hablaba de modelos con T.J.

–Solo estoy echando un vistazo –susurró. Cody le dedicó una radiante sonrisa.

–Desde luego –repitió Cody–. Se los enseñaré –le devolvió el teléfono a Sage.

–¿Qué le has dicho? –preguntó esta a T.J.

–Le he informado de tus necesidades.

–Y eso, ¿qué significa?

–Que te va a enseñar unos coches muy bonitos. Que te diviertas.

–Tramas algo.

–Sí –contestó él en tono seco–. Es un plan secreto para que te compres un coche. Un momento, ha dejado de ser secreto, ya que te lo he contado.

–¿Estás enfadado?

–No. Y lo digo en serio: diviértete. Si ves algo que te gusta, llama a Tasha, que hará las preguntas de tipo técnico. Voy a enviarle tu número de teléfono. No decepciones a Cody. Parece muy emocionado.

Sage sonrió contra su voluntad.

Acabó enamorándose de un elegante sedán, después de haberlo probado.

–Sonríes –comentó Cody mientras ella volvía a aparcarlo en el concesionario.

–Es un coche estupendo.

–Hay otro en el salón de exposición. Vamos a verlo –dijo abriendo la puerta para bajarse del coche. Sage lo siguió.

–Este es de color azul metálico. Tiene mejores neumáticos. Son algo más grandes, lo que es una ventaja cuando se conduce en carretera. Tiene calefacción tanto en la parte de delante como en la de atrás, radio y altavoces con un sonido inmejorable; y el techo es corredizo.

–Me da miedo preguntarte el precio.

–No me está permitido decírtelo. Tu esposo me ha dicho que te proporcionara el automóvil perfecto y que llamaras a una tal Tasha para resolver los detalles con ella.

Sage se quedó muda. ¿Cómo iba a elegir coche sin comparar precios?

–¿Tienes el número de Tasha? –preguntó Cody.

–Sí.

–Llámala, entonces.

–No suelo vivir así –dijo ella mientras sacaba el teléfono–. Llevo una vida muy normal.

–Pues disfrutarás de esto.

–Esto no es normal.

–Lo es. La gente compra coches.

–¿Sin preguntar el precio?

–Se lo diré a Tasha.

–Esto es una tontería –afirmó Sage mientras llamaba a Tasha.

–A mí me parece romántico y generoso. Tu esposo quiere que tengas un coche excelente.

–Hola, Sage –la voz de Tasha sonaba alegre–. T.J. me ha dicho que me llamarías. ¿Has encontrado algo que te guste?

–Sí. Es un hermoso coche azul, que va como la seda. Es fácil de conducir y los asientos son muy cómodos. Cody, el vendedor, me ha dicho que este modelo tiene las ruedas más grandes, además del techo corredizo.

–Suena muy bien. Pásame a Cody.

–Todo esto es muy raro.

–A mí me divierte. Te va a encantar el coche.

–Tal vez debiera mirar coches de segunda mano.

–De ninguna manera. Pásame a Cody y deja de preocuparte.

Cody saludó a Tasha y comenzó a darle detalles.

–Es un Sedán Heckle V –le explicó mientras sonreía a Sage y se dirigía a la oficina.

Sage negó con la cabeza y volvió a mirar el coche. Era estupendo de verdad. Se imaginó yendo en él con Eli por la carretera de la costa con el techo abierto. De repente, se le llenaron los ojos de lágrimas. Tragó saliva y se sentó en el asiento del conductor, que era incluso más cómodo que el del coche anterior.

–¿Sage? –Cody interrumpió sus pensamientos–. Tasha quiere hablar contigo –le devolvió el móvil.

–Ya está todo resuelto –dijo Tasha–. He conseguido un precio muy bueno. Te van a hacer un seguro y una matrícula temporales para que te lo puedas llevar ahora mismo. Lo único que tienes que hacer es entregar a Cody la tarjeta de crédito.

–¿Qué? –preguntó Sage desconcertada–. ¿Y el todoterreno? No voy a dejarlo aquí.

–Se lo llevaremos nosotros –susurró Cody.

–Te lo llevarán mañana –apuntó Tasha–. No vas a comprar un coche nuevo para no volver en él a casa.

–¿Van a llevarlo a Whiskey Bay? –preguntó Sage a Cody. Seguro que no sabía lo lejos que vivía T.J.

—A cualquier lugar de este estado. Voy a buscar a un técnico.

—¿Estás emocionada? —preguntó Tasha a Sage.

—Aturdida, más bien. Esta no es la forma habitual de comprarse un coche.

—Es un gran coche. Has elegido bien. T.J. se muere de ganas de verlo.

—¿Has vuelto a hablar con él? ¿Ya sabe el que he elegido?

—Le da igual. Eres tú la que va a conducirlo. Lo que quiere es que estés contenta.

—Me resulta difícil asimilarlo.

—Lo entiendo. Recuerda que soy mecánico de barcos. Lo mío son los tornillos y las tuercas. Y tengo los pies bien asentados en la tierra.

—Gracias, Tasha.

—Conduce con cuidado.

—Lo haré —Sage sería extremadamente cuidadosa con aquel coche, cuyo precio, estaba segura, tenía que ser exorbitante.

# Capítulo Ocho

T.J. había estado de acuerdo en dar a Eli la mínima cantidad de detalles posible mientras se hallaba en el hospital. El día en que le dieron el alta, un soleado sábado, los tres fueron a casa de T.J. en coche. T.J. y Sage le explicaron que Sage había estado viviendo allí mientras él estaba en el hospital.

—Este sitio es increíble —dijo Eli al bajarse del coche. Recorrió un sendero del jardín hasta una esquina de la casa para mirar el césped y el mar al fondo. T.J. lo siguió.

—Ahí se puede jugar al béisbol —afirmó este.

—¿Se puede bajar a la playa?

—Hay un sendero. Hay muchas rocas en el agua. No es un buen sitio para bañarse. Pero hay una piscina al lado del patio. Y hay un centro acuático a quince minutos de aquí en coche.

—¡Guay! —exclamó Eli metiéndose en el césped. Se agachó a tocarlo.

—No me creo que por fin esté en casa —dijo Sage acercándose a T.J.

—Tenemos que contarle lo demás —T.J. estaba emocionado, ansioso e impaciente a la vez.

—Lo sé.

—¿Ahora? —preguntó él mirándola. Ella vaciló.

–Ahora –dijo, por fin–. ¡Eli! –fue hacia él. Se sentó en el césped al lado del niño y T.J. los imitó.

–¿Cuánta gente vive aquí? –preguntó Eli señalando la casa.

–Solo nosotros tres.

–¿Vives aquí solo? –preguntó el niño a T.J., lleno de admiración.

–Hay algo que debes saber, cariño –dijo Sage tomándolo de la mano.

–¿Es malo? ¿Vuelvo a estar enfermo?

–No, no –contestó ella apretándole la mano–. Estás bien. Todas las pruebas han dado buenos resultados. Se trata de mí y de T.J.

Eli miró a T.J.

–Te dijimos que fue él el donante de médula. La razón de que fuera compatible es que también es tu padre.

T.J. contuvo la respiración mientras esperaba la reacción de su hijo. Este tardó un minuto en hablar.

–¿Quieres decir que es mi padre desde antes de nacer yo?

–Exactamente: es tu padre biológico.

–¿Dónde has estado? –preguntó Eli mirando desdeñosamente a T.J. de arriba abajo.

–No lo sabía –se apresuró Sage a decir.

–Si lo hubiera sabido –afirmó T.J.– habría estado con vosotros.

–¿Cómo es que no lo sabías? ¿No te preocupaste de averiguarlo?

–Fue culpa mía –intervino Sage–. Debiera habérselo contado pero, en aquel entonces, no me

112

fiaba de él. No creía que fuera a ser un buen padre. Sinceramente, pensaba que estaríamos mejor sin él.

—Pues parece que podría habernos ayudado —observó Eli mirando la casa.

—Es cierto —dijo T.J.

—No es justo echarle la culpa —apuntó Sage.

—Yo sí me siento responsable. Es culpa mía, pero estoy muy contento de haberte encontrado y de conocerte.

La expresión de Eli se dulcificó un poco.

—La verdad es que me has salvado la vida.

—Y aquí me tienes para lo que necesites —afirmó T.J. desde el fondo de su corazón.

—Hay algo más —dijo Sage—. T.J. y yo hemos hablado y los dos queremos estar cerca de ti —Sage titubeó.

T.J. se apresuró a finalizar la explicación.

—Mientras te recuperabas en el hospital, recordamos lo bien que nos caíamos en el instituto, por lo que pensamos que lo mejor para todos era que nos casáramos.

—¿Vas a casarte? —preguntó Eli mirando a su madre.

—Ya nos hemos casado —contestó T.J. en lugar de ella—. Queremos ser tus padres y estar juntos.

—¿Te vas a trasladar a Seattle? —preguntó el niño frunciendo el ceño.

—Lo pensamos —apuntó Sage—. Pero T.J. tiene esta casa enorme.

—¿Vamos a vivir aquí? —preguntó Eli mirando a su alrededor.

T.J. no sabía si estaba contesto o enfadado.

–Podrás decorar tu habitación a tu gusto y elegir los muebles. Y tengo un televisor con una enorme pantalla para que juegues.

–¿Y mis amigos? A Heidi le prometí que iría a verla.

–Podemos hacerlo –dijo Sage.

–Puedes traer a tus amigos aquí –comentó T.J.–. O ir a verlos a Seattle.

–No será exactamente lo mismo –dijo Sage–. Pero me acabo de comprar un coche y podremos ir allí cuando te hayas recuperado del todo.

–Ya lo estoy.

–Tal vez mañana –Sage le acarició el cabello.

–¿Seguro?

–Seguro –contestó T.J.–. Siempre que te encuentres bien.

–¿Podemos ir a ver ese televisor y a jugar? –preguntó Eli a T.J., ilusionado.

Y así, T.J. se convirtió en su padre. Emocionado, le contestó con una sonrisa de oreja a oreja.

–Claro, vamos.


¿Una niñera? –preguntó Sage pensando que no había oído bien.

Eli estaba dormido. Había elegido una habitación con vistas al jardín por un lado y a los acantilados de Whiskey Bay por el otro. Tenía cuarto de baño propio. Estaba encantado y se moría de ganas de elegir su nueva cama.

–No es una niñera –respondió T.J.

Estaban en la sala de estar, después de haber cenado y haber puesto el lavavajillas. Las vistas eran tan espectaculares como desde el resto de la casa y el mobiliario era muy cómodo. Se había convertido en la habitación preferida de Sage. Estaba sentada en el sofá; él, en un sillón.

–Es una segunda ama de llaves. Ahora somos tres, por lo que habrá más trabajo. No puedo pedirle a Verena que trabaje el doble.

–Yo la ayudaré y cuidaré de Eli.

–Pero querrás salir de vez en cuando.

Sage quiso protestar. No se había buscado una niñera en Seattle. Cuando tenía que salir se llevaba a Eli con ella. Y no hacía vida social. No quería decírselo a T.J., pero era la verdad.

–Para el Festival de Verano, por ejemplo –prosiguió T.J.–. Las reuniones no siempre son durante el día. Y yo no siempre puedo estar aquí a última hora de la tarde.

–Me adaptaré al horario de Eli. Llevo años haciéndolo.

–Pero ya no hace falta que sigas haciéndolo. Te estoy hablando de libertad y flexibilidad. Si tienes algo que hacer, te vas. Y todos contentos. Kristy comienza mañana.

–¿Así, sin más? –preguntó Sage chasqueando los dedos–. ¿Has encontrado una nueva ama de llaves de la noche a la mañana? –era demasiado–. Me habías dicho que éramos socios y que tendría voz y voto en las decisiones.

–Y los tienes.

–No, si solo me consultas cuando te conviene.

¿Era eso lo que hacías con Lauren? –preguntó Sage con acritud. Se arrepintió inmediatamente de haberlo dicho.

T.J. la miró con frialdad y frunció los labios.

–Perdona, eso no venía a cuento. Lo que quiero decir es…

–Lo que quieres decir es que me comportaría de forma distinta si el nuestro fuese un matrimonio de verdad. –T.J. se levantó y fue a la cocina. Abrió la nevera y sacó una cerveza. Ella lo siguió–. Lo sea o no, quiero que funcione. Puedes vetar esta decisión, del mismo modo que puedes hacerlo con cualquier cosa que se refiera a Eli. Pero yo también quiero poder negarme a lo que decidas sobre nuestro hijo.

A Sage no le gustó aquello. Debían colaborar, no enfrentarse. Detestaba capitular, pero era lo que debía hacer.

–Podemos intentarlo –dijo sin mucho entusiasmo. Él asintió–. Tardaremos un tiempo en lograr que funcione.

–Lo sé. ¿Tienes sed? –preguntó él ofreciéndole la cerveza.

Sage reconoció en el gesto que quería hacer las paces y la aceptó.

–Gracias.

T.J. sacó otra para él.

–¿A qué hora os vais a marchar a Seattle?

–Dependerá de cómo se sienta Eli por la mañana.

–¿Te importa que os acompañe?

Sí le importaba. Quería estar a solas con su hijo,

que las cosas volvieran a ser normales, aunque solo fuera por una tarde. Pero acababan de acordar que actuarían de forma conjunta y, además, T.J. también quería estar con Eli. Ella tendría que acostumbrarse a otro tipo de normalidad.

—En absoluto.

—Gracias.

T.J. volvió a la sala de estar y dio al interruptor que encendía la chimenea del exterior. Se volvió hacia ella.

—¿Nos sentamos fuera?

Ella asintió. Salir le despejaría la cabeza. Se estaba muy bien a la luz de las estrellas, con la brisa y el sonido de las olas.

Él abrió la puerta de cristal que daba paso a la terraza. Ella salió detrás de él y se dio cuenta de que comenzaba a encantarle el olor a mar. Se apoyó en la barandilla a contemplar la vista. T.J. se le acercó.

—Es estupendo ver a Eli fuera del hospital —afirmó T.J. colocándose a su lado.

—Parece que se está adaptando rápidamente —observó ella.

—Tenías razón al decir que debíamos esperar a que hubiera salido del hospital y estuviera más fuerte para decirle que soy su padre.

Ella no contestó. Había obedecido a su instinto y se alegraba de que hubiera salido bien.

—Estaba impaciente —prosiguió T.J.—. No podía esperar ni un minuto más.

Sage miró su perfil y percibió la tristeza que todavía sentía. Volvió a sentirse culpable por haber mantenido la existencia de Eli en secreto durante tantos años.

–Lo entiendo.

–Intento contenerme, pero quiero verlo correr, saltar y jugar.

Ella tomó un sorbo de cerveza.

–Lo verás. Dentro de un mes tendrás que correr mucho para alcanzarlo.

–Eso espero –T.J. se volvió hacia ella y apoyó la cadera en la barandilla–. Pensaba ir a informarme sobre el equipo de béisbol local.

–No sé si podrá jugar este año –Sage sabía que el niño estaba deseando hacerlo.

–Puede ver los partidos y conocer a otros niños.

–Supongo que sí.

–Entonces, ¿te parece bien que me informe?

–Muy bien. Es tu hijo, así que apúntalo para jugar al béisbol.

T.J. sonrió. Después su mirada se oscureció al dirigirla a los labios de Sage.

El deseo que despertó en ella se estaba convirtiendo en algo habitual. Era innegable la atracción que sentía por T.J., como también lo era el peligro que suponía. Ni siquiera se sentían muy cómodos cuando estaban juntos. Todo aquello que excediera la amistad complicaría gravemente la situación.

–Sage –dijo él suspirando.

–No –contestó ella al tiempo que le ponía el dedo en los labios.

Él le agarró la mano y se le acercó más.

–Eres una mujer increíble.

Ella se dijo que debía retroceder, pero deseaba con ansia que la besara.

—Soy increíblemente normal —susurró.

—Claro que no —dijo él apartándole el cabello del rostro con la otra mano.

—Esto es complicado.

—Lo sé.

La atajo hacia sí y la abrazó. Era tan fuerte y tan seguro de sí mismo… Años de ansiedad con los que ella ni siquiera sabía que hubiera luchado se disolvieron en aquel abrazo. Eli tenía padre y, por primera vez en la vida, ella y su hijo gozaban de seguridad.

—Saldremos adelante —afirmó él.

Ella se sintió contenta y triste a la vez porque no la hubiera besado.

La seguridad era algo de importancia vital para una madre. Sin embargo, Sage también era una mujer y T.J. era un hombre muy sexy.



La casa de T.J. estaba llena de vida. Al entrar en ella un día, cuando volvió de la oficina en Whiskey Bay, oyó a Eli charlando con otros chicos en el sótano. También oyó música procedente del piso de arriba y subió.

—Hay demasiados muebles —oyó decir a Sage al llegar arriba—. No debiera haber comprado la otra silla.

—Pero es que hacen juego y quedan muy bien —era la voz de Melissa.

—Tal vez si ponemos el sofá en la otra pared…

119

–Entonces, no podrás poner la mesita de centro.

T.J. llegó a la habitación y halló a ambas mujeres rodeadas de muebles.

–¿Qué pasa? –preguntó mientras observaba el aparente caos en que se hallaban inmersas.

–Estamos intentando colocarlos –dijo Sage.

–Aquí no caben todos. La habitación es demasiado pequeña –T.J. señaló lo que era obvio.

–Los muebles son demasiado grandes –se quejó Sage–. No querría tener que devolverlos. ¿Sabes lo que me ha costado elegirlos?

–Deberías haberme dejado contratar a un decorador –comentó T.J.

–No voy a darme por vencida todavía –apuntó Melissa al tiempo que empujaba un sillón.

–No vayas a hacerte daño –dijo T.J. Moverlo unos centímetros no iba a solucionar el problema–. Habrá que tirar esa pared.

Sage lo miró sorprendida, pero Melissa sonrió.

–Y esa otra –añadió él señalando la que separaba el dormitorio del pasillo–. Podemos abrir los dos dormitorios del medio e incorporarles el pasillo. Eso dejará espacio de sobra.

–¿La solución que propones es tirar una pared? –preguntó Sage.

–Llamaré a Noah –dijo Melissa.

–Un momento –dijo Sage.

–¿Qué pasa? –preguntó T.J.

–Es una casa casi nueva.

–A Noah se le dan muy bien estas cosas.

–No puedes… –Sage no acabó la frase.

–Hola, cariño –Melissa ya hablaba por teléfono–. ¿Puedes pasarte por casa de T.J.? Va a hacer obras en el piso de arriba.

Hizo una pausa y después rio.

–¡Como si fueras a acabar nuestra casa alguna vez!

–¿Quién está abajo con Eli? –preguntó T.J. a Sage.

Ella parecía desconcertada.

–No puedes tomar una decisión tan importante con esa rapidez.

–¿Por qué no? Tendría que haberlo pensado antes. Quiero que estés a gusto, que tengas tu espacio. ¿Quieres una cocina pequeña?

–No, no quiero una cocina.

–Noah va a venir –dijo Melissa, claramente entusiasmada–. Hoy está trabajando en nuestra casa, pero como esa es una tarea interminable, lo dejará y vendrá.

T.J. se alegró porque apreciaba enormemente la forma de trabajar de Noah.

–¿Quiénes son los niños que están con Eli? –volvió a preguntar a Sage.

–Son del equipo de béisbol. ¿Cómo ha podido pasar esto? –miró a su alrededor, impotente.

–Ya verás qué bien va a quedar –le aseguró Melissa apretándole el hombro.

T.J. se sintió celoso, ya que él no podía tocar a Sage. Recordó la increíble sensación de la semana anterior al abrazarla. Hacía mucho que no abrazaba a una mujer. Era un hombre sano y normal, por lo que echaba de menos hacer el amor con Lauren. Y no era justo proyectar esa necesidad en

Sage simplemente porque estuviera allí y porque fuera tan hermosa.

En ese momento le sonó el móvil a Sage.

–Deberíamos contratar a un decorador –comentó él–. Tendremos que pintar, cambiar las alfombras y las lámparas. Va a se más trabajo del que habíamos planeado.

–¡No me digas! –exclamó Sage al tiempo que se disponía a contestar la llamada.

T.J. sonrió ante su fingida indignación.

–¿Sí? Soy yo –a Sage le cambió la expresión del rostro–. ¡Oh, no!

–¿Es sobre Eli? –preguntó inmediatamente T.J. Al niño le habían hecho una revisión y análisis de sangre dos días antes.

Sage negó con la cabeza.

–Sí, desde luego. Llegaré lo antes posible. Gracias –dijo con voz temblorosa.

–¿Qué pasa? –preguntó T.J. cuando ella hubo acabado de hablar.

–La madre de Heidi acaba de morir –dijo Sage como si aún no se lo creyera–. Había salido de la unidad de cuidados intensivos hace más de una semana. Creí que estaba mejor. Incluso habían dejado a Heidi verla un par de veces.

–Es terrible –observó Melissa–. ¿Eras amiga de su madre?

–No la conocía. Heidi y su madre ya estaban en el hospital cuando internaron a Eli. Habían sufrido un accidente de tráfico. La niña es un encanto. Ha pedido que vaya a verla. Tengo que ir a Seattle.

–Por supuesto –dijo T.J.–. Alquilaré un avión.

Sage estuvo a punto de protestar, pero quería llegar lo antes posible y la manera era en avión.

–Te acompaño –añadió T.J.

–No hace falta.

–Eli también debería ir –comentó él en tono suave.

–Déjale ayudarte –intervino Melissa.

–Estoy segura de que Heidi querrá ver a Eli –afirmó Sage.

T.J. hizo la llamada.

–Coastal West Air Charter –dijo una agradable voz femenina al otro lado de la línea.

–Buenas tardes, soy T.J. Bauer.

–Buenas tardes, señor Bauer.

–Tengo que viajar de Whiskey Bay a Seattle inmediatamente. Seremos tres pasajeros.

–Muy bien. Tenemos un Cessna de un solo motor o un King Air de dos motores.

–El segundo –T.J. sabía que sería más rápido.

–¿Cuánto tardarán en llegar al aeropuerto?

–Media hora –T.J. miró a Sage en busca de confirmación y ella asintió.

Melissa se ofreció a llevar a sus casas a los niños que estaban con Eli.

T.J. le explicó la situación a Eli. Sage preparó un sándwich y una bebida para que su hijo se los tomara en el vuelo. T.J. sonrió ante su instinto maternal. Eli tenía la madre más dedicada del mundo.

El vuelo transcurrió sin problemas. Un coche, alquilado por T.J., los esperaba en Seattle. En total, en menos de dos horas estaban en el hospital.

T.J. se quedó en el pasillo, frente a la puerta,

mientras Sage y Eli entraban a consolar a Heidi. Oyó llorar a la niña y vio por el cristal que Sage la tomaba en brazos y le hablaba dulcemente. Eli agarró la mano de la niña y le habló también.

El corazón de T.J. se hinchó de orgullo. Se sentó en una silla del pasillo, dispuesto a esperar.

—¿Señor Bauer? —era una enfermera. T.J. la reconoció.

—Hola, Claire. Llámame T.J., por favor.

—Sage ha sido muy amable al venir tan rápido.

—Creo que nada hubiera podido detenerla. ¿Cómo está Heidi?

—Muy triste y asustada.

—¿Y físicamente?

—Está muy bien, lista para volver a casa. Solo estábamos esperando a que su madre recuperara las fuerzas.

Sage salió de la habitación y Claire la abrazó.

—¿Cómo está Eli?

—Estupendamente.

—Me alegro. Esto es una verdadera tragedia.

—En efecto —afirmó Sage.

—Tengo trabajo. ¿Hablamos después?

—Estaremos aquí un rato.

Claire se marchó y Sage se acercó a T.J. Este deseaba abrazarla con todas sus fuerzas. Cerró los puños para contener el impulso.

—Está completamente sola —afirmó ella.

—Es trágico.

—Necesita ayuda.

—Tendrá lo que necesite: me haré cargo de las facturas médicas o los cuidados especializados.

–El dinero no va a arreglar esto –observó ella en tono levemente exasperado. Se llevó la mano a la frente–. El dinero está muy bien y pagarle las facturas le será de ayuda.

–¿Pero…?

–Necesita una familia, T.J. –contestó ella mirándolo a los ojos.

T.J. tardó unos segundos en asimilar lo que quería decir.

–¿Quieres decir que…?

–Me necesita. Está sola en el mundo.

–¿No tiene abuelos ni tíos?

–No tiene a nadie.

–¿Quieres que viva con nosotros?

–Quiero adoptarla.

T.J. ya se lo había imaginado. La miró a los ojos y vio en ellos compasión, sinceridad y resolución.

–Y dices que soy impulsivo porque quiero tirar una pared.

–Debo hacerlo, T.J.

–No. Debemos hacerlo.

Ella lo miró con los ojos empañados de lágrimas.

–Gracias –lo abrazó–. Gracias, T.J.

Él la estrechó contra sí mientras se decía que debía pensar en Heidi, en Eli, en Sage como una madre excelente. Pero no era eso lo que pensaba. Se estaba imaginando a Sage desnuda, en sus brazos y en su cama. Se dijo que la debía soltar. Sin embargo, los brazos se negaron a obedecerle y, en cambio, la estrecharon con más fuerza.

# Capítulo Nueve

Sentada a la mesa de la cocina, en casa de Melissa y Noah, Sage sonrió ante el mensaje que acababa de recibir de Kristy, la nueva ama de llaves.

–Los dos niños ya están dormidos –les explicó a Melissa, Jules y Tasha.

–Ojalá pudiera decir lo mismo de los gemelos –Jules levantó la vista del móvil–. Caleb me ha mandado un mensaje pidiendo socorro.

–Dile que llame a Matt –comentó Tasha al tiempo que se acariciaba el prominente vientre–. Mi esposo necesita práctica.

Sage sonrió y mandó un mensaje a Kristy.

–¿Cómo es está adaptando Heidi? –preguntó Melissa a Sage.

–Tardará un tiempo en hacerlo.

Hacía una semana que la madre de la niña había muerto. Durante el funeral, Heidi se había aferrado a Sage y no la había soltado. Por recomendación de la enfermera jefe del hospital, y con la ayuda de los abogados de T.J., el juez había concedido una custodia de emergencia a T.J. y Sage. La verdadera adopción tardaría varios meses.

De momento, la niña intentaba recuperarse de la pérdida y de las heridas del accidente.

–Parece una niña fuerte –comentó Tasha.

–Ayer sonrió –dijo Sage–. Eli y ella estaban pintando en la pared y Eli se manchó la nariz de rojo. A Heidi le hizo gracia.

–Esa pared es una gran idea.

–Se le ocurrió a Lauren –explicó Sage.

En la gran habitación de juegos, toda una pared estaba dedicada a la expresión artística. Una vez que se hubiera llenado, la idea era hacerle una fotografía, pintarla de blanco y volver a empezar. Era una idea sencilla, pero a los niños les encantaba.

–Me han dicho que desempeñaba un papel importante en el Festival de Verano –comentó Jules mirando el mapa del parque que tenía desplegado frente a ella.

Sage trató de reprimir la sensación de ineptitud que experimentaba cuando oía hablar de Lauren. Era evidente que todo el mundo, no solo T.J., la adoraba.

–La creatividad no es mi fuerte –apuntó.

–¿Cuál es? –preguntó Jules.

–Es una madre fantástica, evidentemente –comentó Melissa.

–Era un genio en el instituto –apuntó Tasha.

–Eso es una exageración.

–¿Qué asignaturas te gustaban? –preguntó Jules.

–Las matemáticas. Se me daba bien la física. Me gustaban las asignaturas concretas; las creativas me frustraban. ¿Cómo se puede sacar un diez en una redacción?

–Yo no saqué nunca un diez en nada –comentó Melissa.

–Es que eres un ser humano –apuntó Tasha.

Todas rieron.

–Las matemáticas –dijo Jules–. No sé cómo podrían utilizarse en el festival.

–Puedo extender cheques –dijo Sage.

–Teniendo en cuenta el presupuesto del que disponemos, tendrías que tener mucho talento para hacerlo –observó Melissa.

–Puedo ayudar con el presupuesto.

–¿Te refieres a encargarte de él, más allá de la generosa contribución que habéis hecho?

–Se me dan muy bien las hojas de cálculo.

–Adjudicado –dijo Tasha.

El teléfono de Jules emitió un pitido y esta leyó el mensaje.

–Parece que Matt no está por la labor de ayudar a Caleb. Será mejor que me vaya.

–Te acompaño –dijo Tasha–. Sage, mañana recibirás el presupuesto.

–Gracias.

–No, gracias a ti –comentó Melissa riéndose–. Es una tarea que nadie quiere hacer.

Sage se sintió contenta de servirles de ayuda.

Mientras Jules y Tasha se iban, Melissa enrolló el mapa del parque.

–¿Quieres una copa de vino? –preguntó a Sage–. No he querido ofrecérosla en presencia de Tasha, ya que ella no puede beber.

–Gracias –a Sage le gustaba la compañía de Melissa.

Eli y Heidi estaban bien atendidos y T.J. le había dicho que debía quedarse hasta más tarde en la oficina porque tenía una videoconferencia con Australia.

—Mañana, Noah os llevará los planos del piso de arriba —comentó Melissa mientras abría el armario para sacar las copas.

—Estoy segura de que me parecerán bien —contestó Sage. Por lo que había visto de la casa de Melissa y Noah, parcialmente reformada, se fiaba del gusto de este.

—Es increíble lo que estás haciendo —apuntó Melissa al tiempo que servía el vino.

—No estoy haciendo nada. Fue idea de T.J.

—Me refiero a Heidi.

—No es por altruismo. Es una niña maravillosa.

—De todos modos, T.J. le ha dicho a Noah que no dudaste ni un momento.

—Él tampoco —Sage le estaba agradecida por lo rápidamente que había aceptado a Heidi, y también a Eli.

Podría haberle puesto las cosas difíciles, pero él había hallado una solución creativa. Pocos hombres habrían dejado entrar en su vida a un hijo desconocido y, desde luego, no a la mujer que lo había mantenido en secreto durante tantos años.

—¿En qué estás pensando? —preguntó Melissa al tiempo que le tendía una de las copas.

—En Eli y Heidi.

—Estás pensando en un hombre.

—¿Sabes leer el pensamiento? —preguntó Sage con una risa nerviosa.

—No, sé interpretar las expresiones, pero no voy a presionarte —contestó Melissa. Se sentó a la mesa y dejó la botella entre ambas–. Pero me pica la curiosidad. ¿Van bien las cosas entre vosotros? Ha habido un cambio enorme en vuestras vidas.

–Sí, van bien –respondió Sage sonriendo.

–No me contestes si no quieres, pero ¿hay romanticismo en vuestro matrimonio?

–No –contestó Sage rápidamente antes de tomar un sorbo de vino.

–De acuerdo.

–Lo he besado –reconoció Sage. Quería ser amiga de Melissa, y negarse a hablar de su vida personal no le parecía una buena manera de comenzar una amistad. Y solo había habido besos. Y uno de ellos había sido en la boda. No significaban nada.

–¿Fue un simple beso o un beso de verdad?

–Un simple beso. Vale, fue un beso de verdad.

Melissa alzó la copa para brindar en broma.

–No ha habido nada romántico, ni mucho menos –le aseguró Sage–. Pero hay que reconocer que T.J. es muy atractivo.

–Es guapo, atlético e inteligente. Y es el padre de tu hijo. Y vives con él. Te pasaría algo raro si no te atrajese.

–Entonces, no me pasa nada raro.

Melissa se echo a reír.

–¿Tan malo sería que ocurriera algo entre vosotros?

–No lo sé –contestó Sage con sinceridad–. Nos hemos casado sabiendo que lo hacíamos por Eli. Ninguno de los dos buscaba una relación, sobre todo T.J.

–Lauren ya no está.

–Pero no la ha olvidado.

–Sois dos personas adultas.

–Eso no implica que debamos… –Sage se calló, al darse cuenta de lo que estaba pensando, de lo que pensaba últimamente.

–Tampoco implica que no debáis –contraatacó Melissa.

–No voy a acostarme con…

–¿Con tu esposo?

–No es mi esposo, al menos en el sentido habitual del término.

–No digo que te acuestes con él, desde luego, sino que no te apresures a descartarlo, si se te pasa por la cabeza. Como he dicho, los dos sois adultos. Además, ¿con quién, si no, te vas a acostar? No te imagino teniendo una aventura.

–No voy a engañar a T.J. –observó Sage, horrorizada ante la idea.

Melissa enarcó las cejas. Si Sage no iba a acostarse con T.J., pero tampoco a engañarlo, ¿qué iba a hacer? Eli tenía nueve años; Heidi, solo siete.

Ante ella se extendían, de forma alarmante, años de celibato.


El Festival de Verano estaba muy animado con cientos de personas, tanto del pueblo como turistas, que disfrutaban de una magnífica tarde de agosto, sin una sola nube en el cielo. T.J. había visto con satisfacción que Eli había participado en el partido de béisbol infantil.

La pierna de Heidi mejoraba rápidamente,

pero la niña tardaría todavía en poder correr. Le encantaba todo lo relacionado con la expresión artística, por lo que se había pasado casi una hora deambulando por los puestos de los artesanos. T.J. se había ofrecido a comprarle algo. Heidi se había decidido por un cuenco de cerámica pintado a mano. También había estado en la tienda en que pintaban el rostro de los niños y había salido con la cara de un gatito blanco y negro. Estaba muy graciosa.

El sol se estaba poniendo tras las montañas. Eli y Heidi parecían agotados cuando los cuatro se sentaron a una mesa de pícnic, Eli al lado de T.J. y Heidi junto a Sage.

—Voy a llevarlos a casa —dijo Sage acariciando la trenza de la niña y besándola en la frente.

—Puede hacerlo Kristy —apuntó T.J., al tiempo que se sacaba el móvil del bolsillo.

Kristy estaba disfrutando de la fiesta con sus amigos, pero no era su día libre, por lo que se llevaría a los niños.

—No quiero molestarla —comentó Sage levantándose.

—Para eso la pagamos —afirmó T.J. mientras le mandaba un mensaje—. Y le gusta el trabajo.

Sage no podía rebatírselo. Kristy era estudiante universitaria y quería ganar todo el dinero posible durante el verano. Le gustaba el trabajo y quería a los niños. No había ninguna razón para que Sage se perdiera el baile y los fuegos artificiales.

—Kristy nos ha dicho que podemos ver los fuegos desde el balcón —dijo Eli.

El primer espectáculo era a las ocho. Había otro a media noche, después del baile.

–Primero tenéis que bañaros –apuntó Sage.

–¿Y mi cara de gatito? –preguntó Heidi.

–Solo es para hoy, cariño.

La niña puso cara de tristeza.

–La pintura manchará la almohada –añadió Sage.

–Dormiré boca arriba. Te prometo que no me moveré.

Kristy llegó en ese momento.

–¿Qué te pasa, cielo? –preguntó a Heidi.

La niña la miró con los ojos llenos de lágrimas.

–Quiero ser un gatito.

–No quiere lavarse la cara –explicó T.J. a Kristy.

–Voy a hacerte una foto –dijo esta sacando el móvil–. Así sabremos cómo estabas y podremos volver a pintarte. O podemos pintarte la cara de otro animal, si lo prefieres. Así no te aburrirás.

–Quiero ser un gatito –aseguró la niña.

–Pues un gatito. Mañana puedes ser un gatito gris o uno naranja.

–¡Naranja! –exclamó Heidi.

–Lo has solucionado muy bien –murmuró T.J. al oído de Kristy.

–Vamos, niños –dijo esta.

–No volveremos muy tarde –comentó Sage.

–Tardad lo que queráis –contestó Kristy mientras se alejaba con los niños.

Sage lanzó un suspiro.

–¿Estás bien?

–Sí –contestó ella mirándolo–. Es que es maravilloso ver hablar a Heidi de cosas normales a su edad.

—Ha progresado mucho en las últimas semanas.

—Gracias.

—No me lo agradezcas. Tienes que dejar de darme las gracias. Ni siquiera sé qué me agradeces.

Sage soltó una carcajada.

—Todo. Nada. No lo sé. Solo sé que Eli está mejor y que Heidi se está adaptando.

—Me alegro tanto como tú.

—Lo sé.

La orquesta hizo sonar los primeros acordes en la glorieta. Se había instalado una tarima provisional sobre la hierba y se habían colgado cientos de lucecitas blancas. Las parejas comenzaron a acercarse a la pista de baile.

T.J. jamás se hubiera imaginado que se sentiría tan satisfecho. La casa estaba llena de ruido y sonidos. Sage había encajado en la comunidad. Eli ya tenía amigos en el equipo de béisbol. Y Heidi era una delicada joya. Se imaginaba lo mucho que Lauren la hubiera querido.

Sin embargo, se dijo que si Lauren estuviera allí, Heidi no lo estaría. Posiblemente estuviera con ellos Eli, pero solo de vez en cuando, ya que Sage y él tendrían la custodia compartida.

Intentó imaginarse a sí mismo con Lauren y Eli, sin conseguirlo. Por primera vez se preguntó qué habría sentido Lauren por el niño. ¿Lo hubiera querido como lo hacia él siendo hijo de otra mujer?

Melissa y Noah se acercaron a la mesa.

–Ha venido más gente que nunca –comentó Melissa alegremente.

–¡Enhorabuena! –exclamó Sage.

–Lo mismo te digo.

–Yo no he hecho gran cosa.

–Todo el trabajo aburrido –Melissa miró a T.J.–. Toda la parte económica, esa que nadie ve ni te agradece es la que ha resuelto. Ha negociado precios y nos ha ahorrado dinero. Hay que darle las gracias por el magnífico equipo de sonido.

–Este año ha sido mejor –observó T.J.

–Se oía muy bien –afirmó Noah.

–Y su trabajo aún no ha acabado –dijo Melissa. Los demás podemos descansar a partir de mañana, pero Sage estará recibiendo facturas durante un mes.

–No pasa nada –comentó Sage–. Puede que no se me den bien la mayoría de las cosas, pero sí los números.

T.J. se sorprendió de cuánto se infravaloraba Sage.

–¿Queréis sentaros? –preguntó esta a Melissa y Noah.

–Vamos a bailar –contestó ella. Después miró a T.J.–. Venga, saca a tu esposa a bailar. Se merece pasárselo bien.

Hacía mucho tiempo que no bailaban, por lo que podía resulta embarazoso. Pero T.J. quería bailar con ella.

–Vamos a intentarlo –dijo al tiempo que se levantaba y le tendía la mano.

–La noche es joven –apuntó Melissa agarrándose del brazo de Noah para dirigirse a la pista.

Sage le sonrió. Después miró a T.J. y la sonrisa se le evaporó. Sin embargo, él no dejó que se lo pensara. La agarró de la mano y la levantó de la silla.

Sage no había bailado tanto en su vida. Bailaron canciones lentas y rápidas, deteniéndose de vez en cuando a beber algo y a mirar las estrellas. Jules y Caleb se marcharon pronto, pero Melissa y Noah se quedaron hasta el final. Incluso Tasha, a pesar de que decía que se cansaba con más facilidad a causa del embarazo, aguantó hasta la última canción.

Solo quedaban los fuegos artificiales, por lo que la multitud se dirigió al acantilado que daba al puerto. Los fuegos se lanzarían desde el extremo más alejado del muelle.

–Por aquí –dijo T.J. tomándola de la mano de nuevo para rodear unas enormes rocas, que los separaban del resto de la gente. Llegaron a un pequeño claro con una vista magnífica.

El primer estallido provocó exclamaciones de admiración de parte del público, ante el despliegue de colores.

–¡Qué bonito! –exclamó Sage.

–Siéntate –dijo T.J. señalándole el saliente de una roca.

–¿Conocías este sitio? –preguntó ella mientras se sentaba, agradecida de poder descansar.

–He estado algunas veces –contestó él sentándose a su lado.

Se quedaron en silencio contemplando la segunda ronda de fuegos.

Sage miró su perfil y vio la luz de los fuegos reflejada en sus ojos. Todavía sentía sus brazos alrededor de ella, su fuerza y su calor. En la pista de baile se había visto transportada diez años atrás, a otra pista, a otra noche en brazos de T.J.

Él pareció notar que la miraba y se volvió hacia ella y le sonrió. Después dejó de hacerlo. Sus ojos se oscurecieron, reflejando con mayor nitidez la luz de los fuegos.

T.J. se inclinó hacia ella con insoportable lentitud. Sage contuvo el aliento y cerró los ojos.

Los labios de él se posaron en los suyos. Ella abrió la boca para respirar y él hizo el beso más profundo. La atrajo hacia sí para abrazarla y la echó hacia atrás con la fuerza del beso.

Ella lo abrazó con fuerza y lo besó larga y profundamente. Le pareció que la gravedad desaparecía y que flotaba en el aire salobre, extasiada.

Él le puso la mano al final de la espalda y halló la piel desnuda entre la camiseta y los pantalones. Ella le acarició el pecho y sus poderosos músculos. Después siguió por los hombros y descendió por sus brazos hasta llegar al borde de las mangas de la camiseta, por debajo de las cuales introdujo los dedos.

Él dejó de besarla y la miró asombrado. Sage esperaba que se separara de ella, pero lo que hizo fue quitarle la camiseta. Ella no se lo impidió.

T.J. miró su sujetador de encaje púrpura. Ella le quitó, a su vez, la camiseta y contempló la anchura de su pecho.

Él le quitó el sujetador y volvió a abrazarla, apretándose contra sus senos, recordando cómo habían hecho el amor tanto tiempo atrás y aspirando su olor antes de volver a besarla apasionadamente.

La levantó por debajo de los muslos para sentársela a horcajadas en el regazo. Le introdujo las manos en el cabello y siguió besándola.

Después le agarró los senos. Ella ahogó un grito a causa de la intensidad de la sensación y se arqueó de forma instintiva. Le enlazó las piernas a las caderas y le hundió las uñas en la espalda.

Eso era lo que había sucedido. Por eso había sucedido.

—T.J. —susurró—, por favor.

Por toda respuesta, él gimió.

Ella le desabrochó el botón de los vaqueros, pero él la agarró de la mano para detenerla.

¿Qué pasaba?

Los ojos de T.J. se habían vuelto casi negros y estaba sofocado.

—¿Qué pasa? —preguntó ella.

Él ladeó la cabeza para indicar la multitud.

Los fuegos estallaron detrás de ella, que se sobresaltó. La gente estaba detrás de las rocas, pero no muy lejos.

—Ah —dijo ella, agradecida y desilusionada a la vez.

—Lo siento —dijo él tendiéndole la ropa—. No te casaste para esto.

Ella no lo sentía en absoluto.

—No, pero…

—Tenemos que conseguir que todo siga siendo

138

sencillo –la apartó de su regazo y se puso la camiseta.

Ella se vistió rápidamente.

–Vámonos a casa –dijo él al tiempo que se levantaba.

Ella asintió. Los fuegos seguían, pero se le habían quitado las ganas de verlos.

Mientras andaban, ella quiso preguntarle qué quería decir con que todo fuera sencillo. Desde su punto de vista, dormir juntos sería lo más sencillo del mundo. Al fin y al cabo, estaban casados y la química entre ellos era explosiva, después de tantos años.

–T.J...

–Vamos a dejarlo –habían llegado al coche–. Los reproches no van a ayudarnos.

Lo último que a ella se le ocurriría sería reprocharle nada. Estaba pensando en lo que le había dicho Melissa.

–No es culpa de nadie.

–Es culpa mía –afirmó él al tiempo que se montaba en el coche.

El trayecto hasta la casa fue corto. Sage intentó hallar las palabras adecuadas para plantearle lo que creía Melissa.

El coche se detuvo frente a la casa y T.J. apagó el motor.

–Estamos casados –dijo ella, lanzándose.

Él se volvió, pero Sage no tuvo el valor de mirarlo a los ojos.

–Somos personas adultas –prosiguió ella–. No quiero tener una aventura, pero tampoco seguir célibe –Sage tragó saliva–. Estabas allí y también lo has sentido. Creo que debiéramos…

Él no se movió ni dijo nada.

–Creo que debiéramos acostarnos –concluyó ella precipitadamente.

Se produjo un silencio ensordecedor.

–Me refiero a que…

–Sé a qué te refieres –dijo él sin ninguna inflexión en la voz.

Entonces, ella lo miró a los ojos y vio el dolor reflejado en ellos. Tenía los dientes apretados y se aferraba al volante con ambas manos. Lauren estaba allí y siempre estaría. Solo le faltaba gritarlo.

Sage no sabía si sentirse herida o humillada, pero no iba a quedarse a averiguarlo. Bajó del coche de un salto, entró en la casa y subió al piso de arriba.

# *Capítulo Diez*

La noche anterior, cuando la puerta principal se cerró después de que Sage hubiera entrado, T.J. había permanecido sentado mucho tiempo, incapaz de controlar sus sentimientos. Se imaginaba con claridad una relación sexual con Sage, dormir con ella y hacerle el amor. Y, en ese momento, hubiera querido hacerlo.

Pero eso hubiera sido injusto para los dos. Sabía que la noche anterior había hecho lo correcto y lo seguía sabiendo al día siguiente.

Se había marchado por la mañana temprano, sin siquiera tomarse un café. Había ido directamente a la oficina, en el centro de Whiskey Bay. El edificio era de Tide Rush Investments, pero solo se utilizaban las dos últimas plantas. En la planta baja había distintos tipos de tiendas y la segunda la ocupaba un bufete de abogados.

La empresa tenía sucursales en Nueva York, Londres, Sydney y Singapur. Y estaban estudiando abrir otra en Mumbai. En aquel momento, T.J. estaba estudiando la propuesta y se dijo que por qué no iban a expandirse de nuevo. Había infinitas oportunidades en todo el mundo. A veces se preguntaba si, suponiendo que quisiera, podría detener el flujo de dinero que entraba en la empresa.

Matt apareció en la puerta del despacho con una taza de café en cada mano.

–Has llegado temprano.

–Estoy estudiando lo de Mumbai.

T.J. no tenía ganas de explicarle cómo se sentía. Estaba confuso o, mejor dicho, decepcionado, porque lo que deseaba no era lo correcto.

Matt cruzó la habitación y le tendió una taza. T.J. la aceptó, agradecido. Había llegado tan temprano que el café de la calle no estaba aún abierto.

Matt se sentó frente al escritorio en uno de los dos sillones para las visitas. Era un despacho pretencioso, cómodo pero concebido para demostrar a los posibles inversores que la empresa tenía éxito y que, por tanto, podían invertir en ella con total confianza.

–¿Qué es lo de Mumbai?

–Probablemente, una nueva sucursal –T.J. volvió a mirar las cifras y firmó el papel–. Sí, una nueva sucursal.

–¿Cuánto dinero te va a costar esa firma?

–Cincuenta millones. Y solo será el comienzo.

–No soy capaz de imaginarme cifras semejantes –comentó Matt riéndose.

–En general, son números en un papel. Me gustaría que fuera todo más complicado porque, así, tal vez me sintiera mejor al ganar tanto dinero.

–Es más complicado. Lo que pasa es que tú no lo ves.

T.J. se recostó en la silla y tomó un sorbo de café.

–Te he traído un cheque –dijo Matt al tiempo que dejaba un sobre en el escritorio.

–Te dije que no corría prisa –Tide Rush Investments había prestado dinero a Matt para que comprara yates después de un fuego catastrófico en el puerto deportivo de su propiedad.

–Solo es el primer plazo.

–Gracias.

–¿Lo pasasteis bien anoche?

–Sí. ¿Y vosotros?

–Estupendamente. Tasha me ha dicho que ha sido el festival más concurrido desde que se celebra.

–Me alegro. Los niños se lo pasaron de maravilla.

–Heidi es adorable –afirmó Matt sonriendo.

–Así es –contestó T.J. sonriendo a su vez.

Era sorprendente la rapidez con que había comenzado a querer a la niña. Y a Eli, por supuesto. Era un niño inteligente, sensato y lleno de energía. El orgullo que sentía T.J. por él crecía a pasos agigantados.

–Bailaste mucho –comentó Matt.

–Todo el mundo lo hizo –afirmó T.J. poniéndose en estado de alerta.

–Pero no todos lo hicieron con Sage.

–No todos están casados con ella –dijo T.J. al tiempo que, involuntariamente, volvía a pensar en su propuesta.

Ella era su esposa y le había propuesto que tuvieran una relación física. Y él la había rechazado. Había hecho lo correcto, ¿no?

–¿Cómo te sienta eso de estar casado? –preguntó su amigo–. Me pica la curiosidad. Sé lo que has hecho y entiendo el por qué. Y te admiro por ello. Pero anoche vi cómo la mirabas.

—No la miraba —T.J. se dio cuenta de lo ridículo de sus palabras—. Ya sabes a qué me refiero.

—La mirabas.

—Estábamos bailando. Tenía que mirarla.

—Te atrae.

—Te estás pasando de la raya.

—Lo que digo…

—¿Qué es lo que dices? —T.J. se levantó.

—Que le des una oportunidad —respondió Matt levantándose a su vez—. Vi cómo sonreías anoche. Parecías feliz, más feliz de lo que te veía desde…

—No soy feliz —no lo era en ese momento concreto.

Lo que sugería Matt era que estaba olvidando a Lauren. Y no era cierto, aunque Sage fuese una mujer increíble, y Heidi y Eli unos niños estupendos. T.J. estaba decidido a hacer lo mejor para los tres, pero no iban a sustituir a Lauren ni él iba a fingir que su vida era un cuento de hadas que terminaba sin ella. ¿Qué clase de hombre haría algo semejante?

—De acuerdo —dijo Matt—. Pero, si alguna vez quieres hablar, ya sabes dónde estoy.

—No hay nada de que hablar.

—Sí, claro —afirmó Matt en tono sarcástico.

—Sage es sexy —le espetó T.J.

—¡No me digas!

T.J. lo fulminó con la mirada.

—Es un hecho objetivo —le aclaró Matt—. Oye, que estoy casado. Y Tasha es la mujer más sexy del mundo.

T.J. no estaba de acuerdo. Trató de expresar lo que veía en Sage.

—Es… Su sonrisa y su forma de moverse. Cuando se ríe. Y deberías verla jugando con los niños.

La recordó saltando y corriendo por el césped, descalza y riéndose al sol.

—Sería raro que no te sintieras atraído por ella.

—No puedo hacer nada al respecto.

—Lo entiendo —apuntó Matt volviendo a sentarse—. Los dos habéis llegado a un acuerdo.

Así era, y era un acuerdo inteligente: un matrimonio de conveniencia en el que cada uno haría su vida y compartirían el cuidado de Eli sin estorbarse.

Había sido así hasta la noche anterior, en que Sage había tratado de cambiar los términos y T.J. se había dado cuenta de hasta qué punto también él deseaba hacerlo.

—¿T.J.?

—¿Qué?

—Estás ido.

—Estoy… Es que…

—¿Qué?

—Anoche —explicó T.J. mientras se dejaba caer en la silla— Sage me dijo que deberíamos tener relaciones sexuales.

Matt lo miró con los ojos como platos.

—Y no se refería solo a anoche, sino que argumentó de forma razonada que debiéramos hacerlo habitualmente —ya que había comenzado, T.J. no podía parar—. Me dijo que los dos necesitábamos tener vida sexual y que no quería tener una aventura, lo cual, convendrás conmigo, es digno de admiración; y que la única solución era que nos acostáramos. Como si fuéramos amigos con derecho a roce. Pero no somos amigos. Estamos casados. Y, por el bien de Eli, tenemos que seguir juntos. Si dejamos que las cosas se compliquen, alguien acabará sufriendo.

−¿La rechazaste? −preguntó Matt, incrédulo.

A T.J. no le parecía una decisión vergonzosa, sino prudente y responsable.

−¿Qué hubieras hecho tú?

−¿Si mi sexy y hermosa esposa me hubiera propuesto que nos acostáramos?

−Sabes que no es tan sencillo.

−Lo sea o no, nunca la hubiera insultado negándome.

T.J. intentó rebatir sus palabras, pero no se le ocurrió nada que decir.

Agosto estaba llegando a su fin, por lo que Sage comenzó a pensar en el nuevo curso escolar. Eli y Heidi ya estaban completamente recuperados y contentos. Heidi seguía teniendo momentos de tristeza, pero los niños ya habían hecho amigos. Eli jugaba al béisbol y Heidi se había apuntado a clases de pintura en un club infantil. Le encantaba pintar y el grupo solía ir al parque con sus caballetes a pintar paisajes.

Mientras trabajaba en el Festival de Verano, Sage decidió enterarse de a qué otras causas sociales contribuía T.J. Donaba dinero al hospital Highside y ella se preguntó si estaría pensando hacerlo a St. Bea's. Gerry Carter, el jefe de contabilidad, le había dado acceso a parte del sistema de contabilidad de la empresa. Sage comprobó que, en los años anteriores, la contribución de T.J. a causas solidarias había disminuido.

También descubrió que había cientos de peticiones a través de la página web de la compañía y en cartas. Las clasificó por organizaciones, fechas, cantidades requeridas y causas, pensando que sería una información útil.

Oyó cerrarse la puerta principal y miró la hora. Eran casi las diez de la noche. T.J. solía quedarse trabajando hasta tarde y ella intentaba estar en el piso de arriba cuando él se hallaba en casa. Se trataban con cortesía, pero su relación se había resentido desde que ella le había propuesto que durmieran juntos.

Había sido impulsiva al hacerlo y lo lamentaba. Sin embargo, no podía continuar con sus ideas filantrópicas sin hablar con él. Salió del despacho y halló a T.J. en la cocina.

—Hola, T.J.

—Estás levantada —comentó él mientras sacaba un refresco de la nevera.

—Estaba utilizando el ordenador del despacho —le enseñó un fajo de papeles como prueba.

—¿Quieres tomar algo?

Ella negó con la cabeza, pero luego lo pensó mejor. Quería tener una conversación amistosa con él.

—Sí, lo que vayas a tomar tú.

T.J. echó hielo en dos vasos y los llenó de tónica.

—He estado mirando las cuentas de las donaciones filantrópicas —a Sage le pareció que le molestaba, pero decidió no hacerle caso—. Has recibido un montón de peticiones.

—Hay un montón de buenas causas —afirmó él dándole uno de los vasos.

Ella se sentó en un taburete y puso los papeles en una encimera.

—Me he fijado que solías donar a organismos relacionados con la salud y la educación.

—Puede ser.

—He ordenado y organizado las peticiones.

Él pareció sorprendido y echó un vistazo a las primeras páginas.

—Has debido de trabajar mucho.

—Había cientos de peticiones. También tengo algunas ideas, algunas recomendaciones sobre lo que podrías apoyar económicamente.

—Podríamos —la corrigió él.

Ella lo miró a los ojos.

—Podríamos.

—Lo que quieras —observó él mientras dejaba los papeles y se encaminaba a la sala de estar.

Ella se apresuró a seguirlo.

—No es así como quiero hacerlo.

—No tengo tiempo para ayudarte. Hay mucho trabajo en la oficina.

—Ya me he dado cuenta —dijo ella en tono de reproche.

—Así es como gano dinero —apuntó él al tiempo que se sentaba en el sofá y dejaba el vaso frente a él.

–Pues no pareces muy contento.

Él la fulminó con la mirada.

Ella se dijo que no iba a dejarse intimidar. Se sentó a su lado y dejó el informe en la mesita de centro.

–He pensado que se podrían hacer donaciones en el plano local o estatal. Puede resultar muy útil focalizar tus donaciones.

–Nuestras donaciones.

–Sean de quien sean –apuntó ella suspirando–, han disminuido en los últimos años.

–Haz lo que te parezca bien.

–No quiero hacer lo que me parezca bien.

–Sage…

–¿Qué? ¿Qué? ¿Crees que no te entiendo? –Sage alzó la voz–. No quieres acostarte conmigo. Muy bien, no me acostaré contigo.

Se hizo un silencio espeso y los dos tomaron aire.

–¿Crees que no quiero acostarme contigo?

Ella no supo qué contestarle. Se había negado. ¿Qué otra cosa podía creer?

–Me muero de ganas de hacerlo –añadió él–. Eres hermosa –le acarició la mejilla–. Eres sexy, inteligente y divertida.

–Pero…

–No puedo mirarte sin recordar lo que me propusiste, sin recordar cómo reaccioné. Fui un idiota.

Ella no se creía lo que estaba oyendo.

–Tenías razón. Es decir… Si todavía sientes…

–T.J. bajó la cabeza hacia ella y la besó en los labios.

Ella se quedó inmóvil de la sorpresa. Pero su cuerpo reaccionó inmediatamente y se lanzó a sus brazos mientras repetía su nombre para sí. Él le puso la mano al final de la espalda y la apretó más contra su cuerpo. Con la otra le sujetó la cabeza para besarla apasionadamente.

Ella ladeó la cabeza y le rodeó el cuello con las manos. Sintió su calor y aspiró su olor. Sus besos eran mágicos.

Pero ella estaba excitada e inquieta. Se quitó la camiseta y dejó al descubierto su sujetador de encaje blanco.

Él se echó hacia atrás y la miró embelesado. Después asió uno de sus senos con su bronceada mano.

—¡Oh, Sage! —susurró.

Ella se quitó el sujetador y lo echó a un lado. T.J., mientras la miraba a los ojos, se quitó la chaqueta y se desabotonó la camisa.

Sage ya no podía volver atrás. Se puso de pie y se acabó de desnudar.

T.J. esbozó una sonrisa antes de imitarla. Una vez desnudo, la volvió a tomar en sus brazos.

Sus labios se unieron y sus piernas se entrelazaron. Sage sintió que el mundo desaparecía, que no existía nada más que T.J. Lo acarició por todas partes y él hizo lo propio con su rostro, sus senos y sus muslos, con destreza y habilidad. El cuerpo de ella se sofocó y sensibilizó y se volvió húmedo y caliente al contacto de sus manos.

Sage se deleitó en el tacto de sus músculos, de sus anchos hombros, su estómago plano y la fuerza de sus muslos.

–Sí –gimió él–. Es tan…

T.J. tensó el cuerpo y Sage se tumbó inmediatamente de espaldas en el sofá. Él lo hizo sobre ella, que separó los muslos y enlazó las piernas en la cintura masculina mientras sus cuerpos se unían.

A medida que T.J. aumentaba el ritmo, ella lo abrazaba con más y más fuerza. Comenzó a sentir espasmos de placer en los dedos de los pies que fueron subiendo por su cuerpo. Él la embistió con más fuerza y profundidad y ella le respondió a cada embestida, al tiempo que las sensaciones se intensificaban hasta que un estallido de luz le iluminó el cerebro y su cuerpo se contrajo de arriba abajo.

–¡Sí, T.J.! ¡Sí, sí!

–Sage –gimió él–. Mi hermosa Sage.

La luz del cerebro de Sage fue disminuyendo de intensidad y cambiando de color, de rojo a púrpura, para terminar en un azul en el que flotó llena de dicha.

–Tenías razón –le susurró T.J. al oído–. Toda la razón del mundo.

–Has tardado mucho –dijo Matt mientras se acercaba a T.J., que estaba haciendo unas hamburguesas en la barbacoa, en el jardín de su casa.

–¿En qué?

Eli y sus amigos estaban trepando a los árboles que había en el extremo del jardín mientras Sage se hallaba de pie en el césped, con un vestido blanco de verano, charlando con Melissa y con uno de los gemelos de Caleb en brazos.

151

T.J. no podía dejar de mirarla.

—No te hagas el tonto. La estás mirando como si fuera una caja de bombones.

—Es mejor —dijo T.J. sin vacilar.

—Sabía que seguirías mi consejo —afirmó Matt sonriendo.

—Claro, ya que tomo todas las decisiones de mi vida guiándome por tus consejos —se burló T.J.

—Pues deberías hacerlo.

—No ha tenido nada que ver contigo.

—No digo que se me ocurriera a mí la idea, pero fui el primero que se dio cuenta.

—¿De qué? —preguntó Caleb acercándose a ellos.

—De que a T.J. lo atraía su esposa.

—¿Quién no se sentiría atraído por ella? —preguntó Caleb.

Tanto T.J. como Matt lo miraron incrédulos.

—Me refiero al común de los mortales, no a mí.

—Más te vale —le aconsejó T.J., sorprendido por lo visceral de su reacción. Desde la noche anterior, quería proteger a Sage. Se había dicho que era natural, ya que, aunque su matrimonio no fuera normal, estaban casados. Y después de haber hecho el amor, era incapaz de imaginársela con otro hombre.

—No pongas esa cara de pena —dijo Caleb dándole una palmada en la espalda.

T.J. recordó de pronto las hamburguesas y les dio la vuelta.

—No tengo cara de pena.

Matt lanzó a T.J. una mirada maliciosa.

—¿Por qué lo miras así? —preguntó Caleb.

–Por nada –contestó Matt.

T.J. no quería andar jugando con uno de sus mejores amigos.

–Mi relación con Sage ha cambiado para bien.

–¿En serio? –preguntó Caleb con el ceño fruncido.

–En serio –apuntó Matt–. Yo me había dado cuenta y le sugerí que hiciera algo. No como tú, que llevas meses como ausente.

–Trata de actuar con normalidad cuando estás falto de sueño. Ya verás cuando llegue la primavera y tengas que pasar por lo mismo. Te va a encantar –concluyó Caleb en tono sarcástico.

–Sinceramente, me muero de ganas –afirmó Matt.

T.J. volvió a mirar a Sage con el bebé en brazos. Así debía de haber sostenido a Eli. T.J. sintió nostalgia de todo lo que se había perdido.

–Me alegro por ti –dijo Caleb a T.J., que observó la expresión de sus dos amigos y se dio cuenta de lo que estaban pensando.

–No es eso. Es algo distinto. Somos personas adultas y ninguno de los dos quiere estar con otro.

–¿Sabe ella eso? –preguntó Caleb.

–Ha sido idea suya –respondió T.J.

–¿No ves señales de peligro? –preguntó Caleb.

–No tienen muchas opciones –contestó Matt.

–¿Apoyas esto? –le preguntó Caleb.

–Lo que no apoyo son el resto de posibilidades: ¿frustración sexual perpetua?, ¿engañar al otro con otra persona?, ¿un matrimonio abierto? ¿Te imaginas a T.J. quedándose tan tranquilo mientras Sage se va a una cita?

–¡Basta! –gritó T.J. Sage no iba a ir a ninguna cita. De ninguna manera.

–Puede que no sea muy ortodoxo –concluyó Matt.

–Puede que estén jugando con fuego –Caleb miró a T.J.–. Uno de los dos se va a enamorar.

–No seré yo –dijo T.J.

En su corazón no había sitio para nadie más. Saberlo lo entristecía. También debía ser triste para Sage, porque, sin lugar a dudas, se merecía que alguien se enamorara locamente de ella.

–Pues será ella –observó Caleb–. ¿Qué vas a hacer si se enamora de ti?

–Ha sido idea suya –repitió T.J. con firmeza.

Se dijo que sabía lo que le había propuesto. Como había señalado Matt, no tenían muchas opciones. Volvió a mirarla con el bebé en brazos. No le convencía ninguna de las otras opciones. Habían tomado una decisión y se moría de ganas de que se marcharan todos para poder quedarse solos los dos.

# Capítulo Once

Sage iba casi brincando mientras cruzaba el campus de la universidad Invo North mientras recordaba una y otra vez cómo había hecho el amor con T.J. Él era estupendo, y ella se contentaba con vivir minuto a minuto.

Se iba a matricular en la universidad. Había estudiado la lista de cursos y había llegado a la conclusión de que deseaba especializarse en Análisis de Datos. Las matemáticas siempre habían sido su fuerte y cuando en su trabajo había tenido que usar hojas de cálculo y bases de datos se había sentido fascinada.

Subió las escaleras que conducían al edificio para matricularse. Halló la oficina a la que debía dirigirse en un plano del edificio y se dirigió hacia allí por un pasillo. La oficina era grande y luminosa. Se puso a la cola, que atendían doce empleados tras un mostrador. La mayoría de la gente que hacía cola eran adolescentes, aunque Sage se alegró de ver algún veinteañero e incluso algún treintañero. No estaba segura de cómo encajaría entre los estudiantes.

Pronto llegó frente a una mujer con gafas y una chaqueta azul marino.

–¿Ha firmado la solicitud de matrícula? –preguntó la mujer.

Sage revisó rápidamente los papeles que llevaba en la mano hasta encontrar el que buscaba.

–Sí.

La mujer lo examinó y escribió algo en el ordenador.

–¿Ha elegido las asignaturas *online*?

–Estoy en lista de espera para dos. Pero no quiero hacerlas todas este semestre, así que no me importa.

–Mmm –la mujer parecía preocupada.

–¿Hay algún problema? –Sage había leído en la página web que no se tenía que estudiar un curso entero por semestre.

–No –la mujer sonrió–. Espere un momento, por favor. Vuelvo ahora mismo.

Sage, inquieta, miró a derecha e izquierda. Todo el mundo se estaba matriculando sin problemas.

Apareció otra mujer, más joven que la anterior y de aspecto muy profesional.

–¿La señora Bauer?

–Es Costas, Sage Costas –respondió ella sorprendida.

–Disculpe, señorita Costas. Soy Bernadette Thorburn, la rectora de la universidad –le tendió la mano por encima del mostrador. Sage, sorprendida de nuevo, se la estrechó–. ¿Tiene unos minutos para que podamos hablar?

–Supongo que sí –miró a la empleada anterior, quien se hallaba al lado de Bernadette–. ¿Hemos terminado? ¿No necesita nada más? –llevaba preparadas las calificaciones obtenidas en el instituto y su tarjeta de crédito.

–Bernadette la ayudará.

De repente, Sage entendió lo que sucedía. T.J. donaba dinero a aquella universidad, por lo que habían debido de pensar que su esposa no tenía que hacer cola.

–No me importa matricularme así –afirmó apresuradamente. No quería que creyeran que esperaba recibir un trato especial.

–Hay otro asunto del que quiero hablarle –dijo Bernadette sonriendo–. Vaya al final del mostrador, por favor.

–Muy bien.

Tal vez fueran a darle plaza en las asignaturas para las que estaba en lista de espera, a pesar de que no quería estudiarlas todas a la vez. La clase de Estadística sería su primera elección.

Al final del mostrador, Bernadette la esperaba y la condujo a un despacho. Se sentaron a una mesa redonda.

–Bienvenida a Invo North Pacific.

–Gracias. Estoy contenta de estar aquí y deseando empezar las clases.

–Espero que su hijo esté bien.

–¿Sabe lo de Eli?

–Whiskey Bay es un pueblo pequeño, aunque la universidad cubre un área mucho mayor, desde luego. Vienen estudiantes de todo el país e incluso extranjeros. Pero intentamos conservar la cultura local en la medida de lo posible, porque proporciona una experiencia única a los estudiantes.

–Así es. Yo me crie en Seattle.

–Sé que se ha integrado muy bien en la comunidad, que ha conseguido que las donaciones para el Festival de Verano hayan aumentado, así como la asistencia, al tiempo que los gastos han disminuido.

A Sage le pareció una exageración.

—No he contribuido tanto. Solo he aplicado la lógica en el presupuesto. Probablemente he tenido más tiempo que otros para examinar los libros de contabilidad.

—Sea lo que sea, ha funcionado. Tengo amigos en el comité organizador y se han quedado impresionados.

—Muchas gracias —dijo Sage, sin saber qué más añadir.

—Tengo autorización para hacerle una propuesta. Al consejo de administración le gustaría que fuera usted miembro.

—¿Del consejo del festival? —¿acaso había uno?

—Del consejo de Invo North Pacific.

—¿De la universidad? No estoy cualificada para formar parte del él.

—Si hubiera ganado un dólar por cada vez que alguien me ha dicho eso, sería millonaria —afirmó Bernadette riendo. Mejor dicho, por cada vez que una mujer me lo ha dicho. No se infravalore. No buscan a alguien con una habilidad concreta, sino a miembros de la comunidad con experiencia vital y que entiendan la cultura de la zona.

—Y que sean capaces de obtener donaciones —Sage comenzaba a entender—. Ustedes quieren a la señora Bauer.

—Es mucho más que eso. Usted no se limitó a

dar un cheque a la organización del festival. Inspiró a otros para que también lo hicieran y después gestionó ese dinero y lo empleó con prudencia. El Festival de Verano es emblemático en Whiskey Bay y usted lo ha mejorado enormemente en un corto espacio de tiempo.

–De todos modos…

–Además, la igualdad entre sexos es un tema que preocupa a esta universidad. Tenemos menos de un veinte por ciento de mujeres miembros del consejo. Se lo diré sin rodeos: necesitamos más.

–Así que tendré un papel simbólico.

Bernadette negó con la cabeza. Había un brillo de resolución en sus ojos.

–No habrá nada simbólico en él. Por lo que he oído, es usted inteligente y llena de energía y determinación. No me cabe duda alguna que puede desempeñar un papel fundamental. Y le prometo que será una experiencia satisfactoria y enriquecedora.

–¿Es difícil para usted ser rectora de esta universidad? –preguntó Sage con curiosidad.

–Desde luego. Pero se va simplificando con el tiempo. Y hago este trabajo con mucho gusto.

–Me ha convencido.

Era un reto importante y constituía la clase de contribución que Sage deseaba hacer a su nueva comunidad.


T.J. no podía dejar de mirar a Sage. La luz de un farol en la terraza del restaurante Neo se reflejaba en su blanca piel. Llevaba el cabello recogido, con algunos mechones sueltos por las sienes y unos pendientes de diamantes a juego con el colgante que reposaba en su pecho.

Le había regalado esas joyas la noche anterior en su fiesta de cumpleaños, que habían celebrado en casa con tarta, regalos y canciones. A los niños les había encantado. Sage había dudado en aceptar las joyas. T.J. sabía que le preocupaba lo que se había gastado, aunque a él le traía sin cuidado. Ella estaba deslumbrante con los diamantes, y él, emocionado de habérselos regalado.

El camarero acababa de descorchar una botella de champán y de servírselo. Soplaba una leve brisa marina, las estrellas brillaban en el cielo y la luna, en cuarto creciente, se divisaba en la distancia.

—Feliz cumpleaños —dijo T.J. alzando la copa.

—No necesito dos celebraciones —contestó ella sonriendo, antes de aceptar el brindis.

—Te mereces dos celebraciones y muchas más, por todas las que me he perdido.

—No tienes que recuperar el tiempo perdido —comentó ella llevándose la mano al colgante.

Sin embargo, T.J. sí quería hacerlo. Quería recuperarlo por Eli y, aunque pareciera ilógico, por ella. Deseaba poder pasar cada minuto de lo que le quedaba de vida con los dos, lo cual era imposible. Se imponía la realidad.

—Tengo que ir a Nueva York —dijo él.

—¿Cuándo?

—Mañana. Serán solo dos días —afirmó, sintiéndose culpable.

–Muy bien.

–No quiero ir.

–No pasa nada, T.J. –ella le sonrió.

–Hay ocasiones en que el dueño de la empresa tiene que presentarse y firmar papeles en persona. En la oficina de Nueva York van a cerrar un trato muy importante y estarán contentos de tenerme con ellos. Por no hablar del cliente, al que también le gustará mi presencia allí.

–¿Puedes hablarme del trato?

–Sí, pero será aburrido. Se trata de la fusión de dos empresas aeroespaciales, una japonesa y la otra americana.

–¿De qué estación aeroespacial?

–De Marte.

–¿Y dices que eso es aburrido?

–No van a ir a Marte, al menos de forma inmediata. Se trata de probar sistemas e innovaciones que algún día puedan contribuir a que vaya a Marte una misión. Yo solo soy el que pone el dinero.

–Eso sí –dijo ella volviendo a tocarse el colgante.

De repente, T.J. tuvo una idea. Se inclinó hacia delante y le agarró la mano a Sage.

–¿Por qué no vienes conmigo?

–¿Y los niños?

–Para eso tenemos dos amas de llaves.

–¿Y por las noches?

–Adoran a Kristy. No creo que noten nuestra ausencia.

–No sé. Me parece…

Él se llevó la mano de ella a los labios y la besó suavemente.

–Ven conmigo a Nueva York. Nos merecemos un fin de semana para nosotros.

Ella lo miró a los ojos y a él le pareció que el tiempo se había detenido.

Se dio cuenta de lo mucho que necesitaba que lo acompañara. Hacer el amor y, después, tener que dormir en habitaciones separadas no le hacía ninguna gracia. Quería tenerla abrazada toda la noche.

–Por favor –susurró.

Ella vaciló, pero acabó por asentir.

–Si no estuviéramos ya bebiendo champán, pediría una botella –afirmó él sonriendo.

–Es muy extraña la vida que llevo –comentó ella casi para sí.

–Pues relájate y disfruta –él la pasó el menú–. ¿Qué has hecho hoy?

–Me he matriculado en la universidad de Invo North.

–Estupendo.

–Lo gracioso –dijo ella mirando el menú– es que me han pedido una cosa: que sea miembro del consejo directivo.

–Espero que hayas aceptado –observó él sonriendo de oreja a oreja.

–Bernadette Thorburn es muy convincente.

–Sí, ella es así.

–No estoy segura de tener suficiente experiencia.

–Seguro que lo vas a hacer de maravilla –T.J. abrió el menú, encantado de que ella hubiera aceptado. Era lo que necesitaba para emplear su talento y comprometerse aún más con la comunidad. Quería que le gustara, mejor dicho, que le encantara vivir en Whiskey Bay.

–¿Cuándo empiezas?

–En octubre.

La respuesta lo confundió.

–Pero me habían dicho… –T.J. se calló bruscamente. Ella alzó la cabeza lentamente y lo miró.

–Has sido tú quien lo ha urdido todo.

Él negó con la cabeza, pero ella no le creyó.

–¿Has utilizado tu dinero y tu influencia para conseguir que sea miembro del consejo directivo de la universidad?

–No exactamente.

–¿Por qué lo has hecho? –preguntó ella levantando la voz.

–Simplemente les sugerí que lo consideraran.

–¿Te limitaste a sugerírselo o los amenazaste con retirarles la donación?

–Basta, Sage. Solo se lo sugerí. Podían aceptar o no hacerlo, y lo sabían. El resto lo has hecho tú.

–No te creo –dijo ella cerrando el menú.

–¿Has elegido ya?

–¿Qué?

Él miró el menú con la vana esperanza de cambiar de tema.

–Sí. He decidido irme a casa y prepararme un sándwich.

–No vas a hacerlo –no podía estar tan enfadada por tan poca cosa.

Ella agarró el bolso.

–No, espera –dijo tomándola del brazo–. Mírame.

163

Ella se detuvo y lo miró con recelo.

—¿Cómo te crees que funcionan estas cosas?

—No quiero saberlo y, desde luego, no quiero tomar parte.

—Pues querías hacerlo hace dos minutos.

—Sí, cuando creía que tenía algo que ofrecer.

—Claro que lo tienes. Tienes mucho que ofrecer. Por eso propuse tu nombre y por eso Bernadette accedió.

Ella no intentó marcharse, lo cual a él le pareció una buena señal.

—Estas cosas funcionan así: consigues algo de influencia y te vales de ella para conseguir más, etc. Hiciste una labor estupenda en el festival.

—Deja de fingir sobre mi actuación en el festival. Fue pura y simplemente tu dinero.

—En parte, sí, por supuesto, fue un factor. ¿Y qué? Es evidente que te gustó lo que Bernadette te dijo, como también lo es que crees que puedes contribuir. Pues hazlo. A partir de este momento, ya no te puedo ayudar. La puerta está abierta: puedes entrar o no.

Sage lo fulminó con la mirada. T.J. quiso decirle algo más, pero creyó que era más inteligente quedarse callado.

—Si todo eso es verdad, ¿por qué no fuiste sincero conmigo desde el principio?

Él reconoció que era una pregunta acertada. No había querido manipularla, sino hacerla feliz.

—Quería que fueras feliz.

—Lo fui —dijo ella suspirando—. Pero ahora estoy furiosa.

164

–Lo siento, no lo analicé detenidamente.

–Lo que quieres decir es que no creíste que te descubriera.

–Normalmente no lo hacen.

–¿Te dedicas a hacer esto continuamente?

–No, no –T.J. se dio cuenta de que perdía terreno–. En casa no, en los negocios. Y solo en algunas ocasiones. A veces, ir de frente no es lo más adecuado, sino que es mejor plantar una semilla y dejarla germinar.

–No soy una semilla.

–Lo sé.

–Y no quiero germinar.

–Lo entiendo.

–Y no quiero que me germines… –Sage se calló intentando no sonreír–. Eso no ha sonado bien.

–Ha sido sexy –él se atrevió a tomarle la mano–. Te prometo que no volveré a intentar manipularte. En cuanto a lo de la germinación…

–No se trata de la manipulación. Bueno, sí, pero se trata del dinero en mayor medida. No hace falta que recurras a él para hacerme feliz.

–No lo hago.

Ella sonrió. Era evidente que no la había convencido.


–¿Vais a ir en avión? –preguntó Heidi con voz temerosa.

Los dos niños estaban en el sofá de la sala de estar, todavía en pijama, después del desayuno. Sage y T.J. se hallaban sentados en los sillones, frente a ellos.

–Kristy estará aquí todo el tiempo –dijo Sage sintiéndose culpable.

–Nos lo vamos a pasar de maravilla –apuntó Kristy, que estaba llenando el lavavajillas.

–Nunca he ido en avión –dijo Heidi.

–Yo me he montado una vez en un helicóptero, pero no me acuerdo –comentó Eli. Miró a T.J.–. ¿Vas a ir al partido de los Mets?

Sage y T.J. se miraron. No se esperaban aquello.

–¿Hay partido de los Mets esta tarde? –preguntó T.J. a Eli.

–Es el primero en casa de este mes.

–Me gusta el béisbol –apuntó Heidi esperanzada.

T.J. cerró los ojos y bajó la cabeza.

–Nunca he visto un partido en el campo –dijo Eli.

–Es tu hijo –dijo Sage conteniéndose para no reírse–. Se plantan semillas y se dejan germinar.

–¿Lo que queréis los dos es ir a Nueva York? –preguntó T.J. levantando la cabeza.

–¡Sí! –gritaron ambos niños al unísono.

–¿Kristy?

–Dime, jefe –Kristy pasó de la cocina a la sala de estar–. ¿Puedes venir a pasar la noche en Nueva York?

–Por supuesto.

–¡Yupi! –gritó Eli mientras saltaba en el sofá. Heidi lo imitó.

Sage se sintió llena de júbilo.

–Gracias –dijo inclinándose hacia T.J.

–Ya te he dicho que no me agradezcas que me

ocupe de mi hijo –contestó él al tiempo que sacaba el móvil. Miró a Heidi–. O de mi hija.

–Vamos a subir a hacer la maleta –dijo Kristy a los niños.

–El vuelo sale dentro de una hora –le dijo T.J. Después se dirigió a Sage. Tendremos que encontrar el momento de poder estar solos.

Ella sonrió. Estaba contenta y emocionada. Y también ella quería estar a solas con T.J.

–Hola, Danica –dijo T.J. a su secretaria–. Vamos a necesitar otra suite en el Plaza. Seremos cinco pasajeros en el avión y consígueme, por favor, cinco entradas para el partido de los Mets –hizo una pausa–. Es cierto. Será mejor que canceles la reserva. Me parece que cenaremos perritos calientes en el estadio.

Sage se echó a reír.

–Gracias, Danica –T.J. colgó–. No tiene gracia –le dijo a Sage–. ¿Sabes lo difícil que es conseguir una reserva en Daniel?

–Pobrecito mío –dijo ella al tiempo que se levantaba y le tomaba el rostro entre las manos.

–Mejor, dame un beso.

Ella se inclinó lentamente y él cerró los ojos y alzó la barbilla. En el último momento, lo besó en la frente.

–¡Así no! –antes de que ella pudiera reaccionar, se la sentó en el regazo y la apretó contra su pecho, echándole el brazo por los hombros.

–Debes de estar muy enfadado –se burló ella.

–Destrozado –contestó él antes de besarla en la boca.

Ella lo besó a su vez. Sus labios se fundieron con los de él. Le rodeó el cuello con los brazos y se aferró a él con fuerza. Era un hombre increíble. Aunque su vida fuera complicada, en aquel momento, aquel día, esa noche y el día siguiente, sería muy sencilla.

T.J., los niños y ella iban a tomarse unas cortas vacaciones, como lo hacían las familias en todo el país. Era cierto que la mayoría se montaban en la camioneta e iban a un motel cerca de la playa. Un jet privado y el Plaza eran casi lo mismo. Casi.

—¿Qué pasa? —preguntó T.J. al ver la expresión de su rostro.

Era difícil expresarlo en palabras, por lo que prefirió bromear.

—Como ya te he dicho, llevo una vida de lo más extraña.

—Es una vida totalmente normal.

—Me siento una impostora.

—No lo eres en absoluto. Eres mi esposa y la madre de mi hijo.

Esas palabras consolaron a Sage. Él le acarició el cabello.

—Como te he dicho antes, relájate y disfruta.

—Lo haré, lo estoy haciendo —era lo que deseaba.

Sage le acarició la mejilla y la mandíbula. Después, volvió a besarlo.

Las voces de los niños sonaron en la escalera. Únicamente les quedaban unos segundos a solas. Sin embargo, lo besó larga y apasionadamente, fantaseando sobre los dos días siguientes.

# *Capítulo Doce*

Cuando el partido hubo terminado, los niños se caían de sueño. Kristy se los llevó a la suite con la promesa de un baño en la enorme bañera y un cuento cuando los hubiera acostado. T.J. y Sage, por fin, estaban solos.

Su suite tenía dos dormitorios, pero no pensaban utilizar el segundo.

—Va a subir el servicio de habitaciones —dijo T.J. mientras Sage se quitaba las deportivas.

—¿No has tenido bastante con los perritos calientes?

—No eran lo que tenía en mente cuando planeé este viaje.

—Pero ha sido divertido.

—Sí —afirmó él mientras descorchaba una botella de vino del bar. El partido, todo el día en realidad, había sido más divertido de lo que se esperaba. Habían ido al zoo, donde T.J. había comprado a Heidi un leopardo de peluche y una serpiente pitón a Eli.

—¿Tienes sed? —preguntó a Sage mientras agarraba dos copas de vino.

—¿Ese vino quita la sed?

—Irá bien con la tabla de embutidos que nos van a subir. Hay champán en la nevera para acompañar las fresas con chocolate.

–¿Tienes la intención de emborracharte?

–No tenemos que bebérnoslo todo –contestó él mientras servía el vino.

–¿Esto te parece normal? –preguntó ella mirando a su alrededor.

–¿El qué?

–Esta habitación, el vino, las fresas...

–No había probado esta reserva –dijo T.J. mirando la etiqueta de la botella–. Pero Caleb me la ha recomendado.

–¿Le has consultado a Caleb el vino que íbamos a tomar?

–Lo hice antes de marcharnos de Whiskey Bay. Lo llamé anoche, cuando decidiste acompañarme –explicó él dándole una de las copas.

–Antes de que Eli y Heidi dijeran que querían venir con nosotros.

–La noche es joven –T.J. alzó la copa y esperó a que Sage probara el vino.

–¿Te gusta?

–Delicioso.

T.J. lo probó. Era como Caleb le había dicho.

Llamaron a la puerta y entró un camarero con un carrito. Tardó unos minutos en poner la mesa. T.J. lo acompañó a la puerta y le dio una propina. Cuando volvió, Sage se estaba comiendo una fresa bañada en chocolate.

–Se supone que las fresas son para el champán.

–Soy una inconformista –afirmó ella sonriendo.

–Los sabores son incompatibles.

–A mí me sabe bien.

–Bohemia.

–Esnob.

–¿Es eso lo que crees? –preguntó él, aunque sabía que ella lo había dicho en broma.

–Claro que sí. Haces consultas sobre el vino por teléfono.

–No era el más caro de la bodega.

–Así que estamos ahorrando.

Él se le acercó y le pasó el brazo por la cintura.

–No hay forma de ganarte, ¿verdad?

–Yo no diría eso –respondió ella apoyándose en él.

–Lo retiro.

Ella se soltó de su abrazo.

–¿Qué haces? ¿Adónde vas?

–A cambiarme.

–No te vayas, por favor.

–Voy a cambiarme de ropa, T.J. He usado tu tarjeta de crédito.

–La tuya.

–Y me he comprado un corto atuendo.

–¿Cómo de corto?

–Creo que te gustará –contestó ella sonriéndole con picardía.

–Entonces, ¿a qué esperas?

–¿No quieres que nos tomemos primero los aperitivos?

–Eso puede esperar –él no podía. Estaba deseando ver lo que se había comprado.

–No quiero estropearte la experiencia culinaria.

–Puedes estropearme lo que quieras.

Ella se echó a reír, se fue al dormitorio y cerró la puerta al entrar.

T.J. respiró hondo y se dijo que debía estar tranquilo. Se sentó en un sillón y tomó un sorbo de vino.

Con independencia del aspecto que tuviera Sage cuando volviera, él no iba a apresurarse, sino a tomarse su tiempo, tal como había planeado. Se comportaría de forma romántica. Tenían toda la noche para...

La copa estuvo a punto de caérsele de las manos cuando apareció Sage. Llevaba un corto camisón de satén púrpura y estrechos tirantes que le dejaban al descubierto los hombros, sobre los que le caía el cabello. Tenía las piernas bien torneadas e iba descalza.

T.J. dejó la copa, se puso de pie y se quitó el polo mientras se acercaba a ella.

—¿Qué te parece? —preguntó ella con voz entrecortada.

—¿Qué? —preguntó él deslumbrado.

—¿Te gusta? —ella extendió los brazos e hizo una pirueta.

—Me encanta —dijo él abrazándola.

—Pero si apenas lo has visto.

—Lo haré después —la besó apasionadamente, inclinándola hacia atrás.

Ella se aferró a sus hombros y él la sujetó por la cintura para estabilizarla mientras, con la otra mano, le acariciaba el estómago, los senos y las nalgas por encima del satén. La respiración de ella se aceleró. Lo besó con fervor y su lengua fue al encuentro de la de él. Los labios de ella eran dulces; sus muslos, firmes. Y sus pezones se endurecieron ante sus caricias.

Sage arqueó la espalda y gimió suavemente. Traspasado de deseo, T.J. la tomó en brazos, la llevó al dormitorio y la depositó en la cama, donde la luz de la luna que se filtraba por las cortinas formó reflejos en su piel.

Se quitó los pantalones para tumbarse a su lado. Le bajó los tirantes y descendió, besándola desde un hombro hasta el seno, cuyo pezón se introdujo en la boca.

Ella volvió a gemir mientras le metía las manos en el cabello. Él le bajó el camisón hasta la cintura y se echó hacia atrás para contemplar su sensual imagen sobre las blancas sábanas, con los brazos extendidos por encima de la cabeza y una rodilla doblada.

–Eres hermosa –susurró mientras su mano descendía desde su seno hasta la curva de la cadera. De allí se dirigió al ombligo y siguió bajando. Ella cerró los ojos y separó las piernas. Y él se adentró en su centro caliente.

Cuando T.J. no pudo contenerse más, se quitó los boxers y cubrió el cuerpo de ella con el suyo. Sage lo abrazó, lo besó en la boca y le acarició la espalda con fuerza. Cuando él penetró en su calor y suavidad, dijo su nombre gimiendo y cerró los puños para controlarse.

Estaba decidido a ir despacio. Sage merecía que la trataran de forma romántica, se merecía ser la única mujer para él. Solo esa noche, se dijo. Solo esa noche, lo desterraría todo de su mente salvo a ella.

Echó la cabeza hacia atrás para mirarle el rostro. Tenía los ojos cerrados, los labios de color rojo oscuro y las mejillas sofocadas.

Ella se movía al ritmo de él y sus cuerpos se sincronizaron. El placer se apoderó del cuerpo y la mente de T.J. Aumentó el ritmo y ella se le aferró con más fuerza. Sin darse cuenta, perdió el control y comenzó a moverse cada vez más deprisa, al tiempo que intentaba contenerse, hasta que un mundo de colores y luces explotó en su cabeza y sus músculos se convulsionaron.

–¡Sage! –exclamó, y su nombre le siguió resonando en el cerebro.

A media mañana, la casa estaba en silencio. Sage se hallaba de pie entre el salón y la sala de estar. Era el primer día del curso escolar, y Eli y Heidi estaban en la escuela de Whiskey Bay, que se hallaba a un cuarto de hora en autobús. A los niños les había encantado montarse en el autobús escolar. T.J. estaba en la oficina y Kristy había vuelto a la universidad. Verena tardaría una hora en llegar.

Sage intentó recordar cuándo había sido la última vez que había estado completamente sola. Tenía que leer varios artículos del curso universitario y dos informes del consejo de administración de la universidad, además de las peticiones de apoyo financiero que recibía la empresa de T.J.

Sin embargo, quería disfrutar de aquella paz durante unos minutos. Decidió prepararse un té con limón.

La sala de estar no parecía una leonera, pero estaba un poco desordenada. Y eso le gustaba.

Cerró el cuaderno de Heidi que estaba sobre la mesa y guardó los lápices. La serpiente pitón de Eli colgaba de una silla y la camisa de cuadros de T.J. estaba en el respaldo de otra. La había llevado puesta el día anterior mientras jugaba al béisbol con Eli. Se la había quitado antes de cenar porque tenía calor al lado de la barbacoa. Había sido un día casi perfecto.

Sage la agarró y se la llevó al rostro. Aspiró el olor de T.J., emocionada. T.J. también era casi perfecto. Tal vez lo fuera. Lo era para ella.

–¿Hola? –la voz de Melissa le llegó desde el vestíbulo.

–Estoy en la sala de estar –dijo Sage bajando la camisa.

–¿Los niños se han ido sin protestar? –preguntó Melissa.

–Se morían de ganas de marcharse. A ver si les dura la emoción de la novedad –era demasiado esperar que les siguiera encantando ir a la escuela cada mañana del curso escolar.

–A mí no me importaba ir a la escuela –comentó Melissa mirando la camisa que Sage tenía en la mano.

–Hay que lavarla. Estaba a punto de prepararme un té. ¿Quieres tú también?

–Me encantaría.

Las dos fueron a la cocina.

–¿Cuándo empiezan tus clases?

–El jueves. Voy a dar solo dos asignaturas, porque no quiero dejar la labor filantrópica de Tide Rush Investments. Nos llegan muchas peticiones.

–El dinero gratis es muy popular. ¿Quién lo hubiera dicho? –preguntó Melissa con sarcasmo. Sage puso los ojos en blanco y comenzó a llenar el hervidor.

–Lo digo porque fui la primera que te pidió una donación –comentó Melissa riéndose.

–Es cierto. ¿Necesitas una contribución para el año que viene?

–Aún no. Hablaremos en primavera.

–Aquí estaré –su futuro con T.J. le parecía prometedor. Tal vez demasiado. Volvió a mirar su camisa, que había dejado en una silla.

–Sage, el hervidor está rebosando.

Sage volvió a la realidad y cerró rápidamente el grifo.

–¿Te pasa algo?

–No.

–¿Tienes problemas con T.J.? –preguntó Melissa acercándose al fregadero. Ella sabía que tenían relaciones sexuales. Había sido quien se lo había sugerido a Sage.

–No, todo va bien.

–¿Demasiado bien?

–Él es… Sí, tal vez «demasiado bien» sea la manera de describirlo. T.J. es increíble. Se porta de maravilla con los niños. Eli lo adora y es paciente y tierno con Heidi. La niña va ganando confianza con el paso del tiempo.

–¿Y cómo se porta contigo?

–Fantásticamente, en todos los aspectos. Yo…

–Te has enamorado –afirmó Melissa pasándole el brazo por los hombros.

Sage cerró los ojos, llena de ansiedad y alivio a la vez.

–Me resulta increíble que me haya pasado.

–¿Sabes qué siente él?

–Parece contento. Es atento y está relajado. Nuestras conversaciones son divertidas y entretenidas. Su dinero es mío. Y nuestra vida sexual es maravillosa.

–¿Vas a decírselo?

Sage negó inmediatamente con la cabeza y se separó de Melissa levantando las manos.

–No, no. Eso no forma parte del trato.

–El trato puede cambiar.

–Este no. Lo hicimos para ser padres juntos.

–También vivís y os acostáis juntos, además de compartir la cuenta bancaria. A mí me parece que es lo que suele hacer un matrimonio normal.

–El matrimonio no es el problema –apuntó Sage mientras ponía el hervidor a calentar.

–He visto cómo te mira.

–Eso es pura lujuria.

–Me juego lo que quieras a que es algo más.

–No sabes lo que piensa.

–Veo el amor en sus ojos.

Sage tragó saliva. Quería tener esperanza, pero no se atrevía.

–No va a acabar así. Lauren sigue existiendo para él.

–La gente supera las pérdidas y sigue adelante.

–¿Tú crees? –Sage se volvió a mirar a Melissa a

177

los ojos. Deseaba con desesperación que T.J. la quisiera–. ¿De verdad crees que es posible?

–Sí.

–No sé…

–Plantéate decírselo –dijo Melissa mientras el
agua comenzaba a hervir.

Sage asintió. Pensó en ello mientras se tomaban
el té. ¿Qué pasaría si le decía a T.J. que lo quería?
Lo imaginó confuso al principio y horrorizado más
tarde. Después se lo imaginó encantado y dicién-
dole que él también la quería. Le sonreía, la abrazaba, la besaba y le confesaba que la quería más
que a nada en el mundo.

La imagen era tan convincente que, cuando
Melissa se hubo marchado, Sage decidió arriesgarse.

Volvió a agarrar la camisa de T.J. y a olerla.
Después fue al dormitorio de su esposo. La puerta estaba abierta, como era habitual. Nunca había
entrado. No dormían juntos. Sage lo hacía en el
piso de arriba y T.J. en su cama. Al principio había
respetado su intimidad y, después, se había convertido en un hábito.

Entró. La cama estaba hecha, a pesar de que
Verena aún no había llegado. Las cortinas estaban
echadas en las dos ventanas. La puerta del cuarto
de baño estaba abierta y vio un cesto para la ropa
sucia, donde echó la camisa. Después descorrió las
cortinas.

Cuando volvió al cuarto de baño vio en la encimera del lavabo un pequeño recipiente de cristal
que parecía contener perfume. Al lado había una

pastilla de jabón, algodón para desmaquillarse, sales de baño y tres velas de color cobre. Parecía como si Laura acabara de salir y fuera a volver de un momento a otro.

Sage retrocedió y, cuando iba a salir del dormitorio, vio el vestidor de T.J. La parte superior estaba cubierta de fotos de Lauren y en el centro había tres joyeros de cristal. El mayor tenía el nombre de Lauren grabado en la tapa; el más pequeño contenía anillos: uno de compromiso y dos alianzas matrimoniales. Sage se quedó helada.

–¿Qué haces? –era la voz de T.J.

Sage se volvió hacia él sin saber qué decir. No se sentía culpable, sino furiosa y traicionada.

–¿Todavía conservas su ropa? –preguntó–. Esto es prácticamente un santuario. ¿Conservas todo lo que era de ella?

–No es asunto tuyo –contestó él con extrema dureza.

–Soy tu esposa.

–No es lo mismo.

–¿Quieres decir que no soy tu esposa de verdad? –dijo ella, herida y decepcionada.

–He sido sincero contigo desde el principio.

–Es decir, tengo razón –afirmó ella con el corazón destrozado.

T.J. se había comportado como si ella le importara, como si fuera algo más que la madre de Eli.

–¿Sobre qué? –preguntó él, sin entender.

–Da igual. Estaba equivocada –afirmó ella al tiempo que se dirigía a la puerta.

–¿Sobre qué? –volvió a preguntar él sin apartarse de la puerta.

–Sobre ti y sobre nosotros. Creía que podía hacer esto.

–Lo estamos haciendo.

–No –dijo ella viendo la situación con total claridad–. Eres tú quien lo está haciendo. Yo estoy haciendo algo totalmente distinto.

–No tiene sentido lo que dices.

–Tengo que irme –dijo ella pasando a su lado.

–¿Adónde? ¿Por qué?

Ella no contestó y siguió andando.

–Nunca he fingido haber superado la muerte de Lauren –gritó él.

Tenía razón, no lo había hecho. Era Sage la que se lo había imaginado.


–No exageres –dijo Matt.

–No seas estúpido –apuntó Caleb.

Los tres amigos se hallaban en la terraza del edificio principal del puerto deportivo.

–Fui totalmente sincero con Sage –se defendió T.J.–. Desde el principio supo que lo hacíamos por Eli.

–Te estás acostando con ella –afirmó Matt alzando la voz.

–Fue idea de ella.

–La gente se vuelve sentimental con algo así –comentó Caleb.

–¿Me estás diciendo que deje de acostarme con ella?

T.J. no quería hacerlo. Era una de las pocas cosas que lo mantenían cuerdo. En esos momentos en brazos de Sage se sentía completo, realizado. La soledad desaparecía.

—Lo que te digo es que debes dejar de mentirle —dijo Matt.

—No le miento —¿sus amigos no lo escuchaban?—. He sido totalmente sincero con ella desde el principio. Y he cumplido mi parte del trato.

—Te refieres al dinero.

—Claro que me refiero al dinero, aunque no consigo que ella se gaste mucho, salvo en los demás.

—Solo es dinero —comentó Caleb.

—Eso es lo que le digo yo.

—Quiero decir que ella no solo necesita dinero.

—Lo necesitaba, desde luego.

—Tú eres más que generoso con el dinero —afirmó Matt.

—Eli necesitaba algo más que tu dinero —observó Caleb—. Todo el dinero del mundo no lo hubiera salvado sin ti. Y Sage necesita algo más que dinero.

—Sage no está enferma.

Caleb hizo una mueca.

—Necesita tu amor.

A T.J. comenzó a dolerle terriblemente la cabeza. Era como si sus amigos no lo conocieran.

—Quiero a Lauren.

—Lauren ya no está —dijo Matt.

—Que no esté no implica que ya no la quiera.

—Puede que no —reconoció Caleb—. Pero tampoco implica que no puedas querer a Sage.

–No la quiero. Quiero decir que no estoy enamorado de ella. Nunca querré a nadie como quise a Lauren.

–Nadie te pide que la olvides –apuntó Matt en tono comprensivo–. Pero Sage está aquí, es real y forma parte de tu vida. Puedes ir hacia delante o hacia tras, pero no puedes hacer ambas cosas.

–¿Quieres perder a Sage? –preguntó Caleb.

–No –respondió T.J. sin dudarlo.

–¿Quieres que sufra?

–No –había hecho todo lo posible para no hacerle daño desde que habían vuelto a encontrarse. Se lo debía. Además, la respetaba y se sentía atraído por ella. La quería.

De pronto, recordó el dolor que había visto en sus ojos al contemplar la foto de su boda y los anillos. Sintió como si le hubiesen dado un fuerte golpe en la cabeza.

Había consentido que Lauren hiciera sufrir a Sage. ¿Cómo era posible?

Lauren era su pasado, pero Sage estaba allí y era su futuro. Era cálida, cariñosa y…

Alzó la cabeza para mirar a sus amigos con expresión de arrepentimiento.

–¡Oh, no! –exclamó.

–Lo ha entendido –dijo Caleb.

–Creo que sí –apuntó Matt.

–Estoy enamorado de Sage –afirmó T.J.–. Tengo que disculparme.

–Pero no con palabras ni con dinero –le aconsejó Caleb.

–Tengo que demostrarle que hay sitio en mi

vida para ella –afirmó T.J., que había comprendido.

–No es tan tonto como parece –comentó Matt riéndose.

–Menos mal –concluyó Caleb.

T.J. les sonrió, agradecido como siempre por su sinceridad, por muy dolorosa que a veces le resultara.

Salió del puerto deportivo y tomó el sendero que conducía a su casa. Sage aún no habría vuelto, pero se alegró, ya que tenía que hacer cosas antes de que hablaran. Probablemente tendría un par de horas.

Bajó al sótano, agarró algunas cajas de cartón y las subió a su dormitorio. Empezó por lo más fácil: el jabón y el perfume de Lauren y su ropa, que se hallaba en los cajones del vestidor. A medida que iba amontonando cosas se sentía más ligero. Había un montón de recuerdos felices en las cosas de Lauren, pero eran solo eso, recuerdos felices.

Cuando hubo quitado la última foto del vestidor, empezaba a anochecer. Sin embargo, ni Sage ni los niños habían vuelto.

El miedo le atenazó el estómago. ¿Dónde estaban? ¿Se había llevado Sage a los niños? ¿Y si ya era demasiado tarde?

# Capítulo Trece

Sage había recorrido la mitad del trayecto a Seattle con el teléfono apagado y los niños en el asiento trasero cuando se dio cuenta de que no podía hacerlo. No podía marcharse sin decirle nada a T.J.: era un acto de cobardía. Y sacar a los niños de la escuela era un gran error.

Claro que estaba dolida. Se sentía humillada. Pero T.J. había cumplido su parte del trato. Era ella la que había decidido que quería más. Él había sido sincero desde el principio.

Dio la vuelta en un área de descanso y se dirigió a su casa.

Al llegar, los niños estaban dormidos. T.J. salió corriendo a su encuentro. Cuando vio a los niños se llevó el dedo a los labios antes de tomar a Eli en brazos.

Sage hizo lo mismo con Heidi. La niña apenas se removió mientras le ponía el camisón y la metía en la cama.

Después, Sage se preparó para disculparse. Lo mejor para todos era recuperar el equilibrio. Por el bien de Eli y Heidi, enterraría sus sentimientos hacia T.J. Tendría que dejar de acostarse con él. No podían ser amigos con derecho a roce porque se le partiría el corazón al abrazarlo y saber que seguía queriendo a Lauren.

Bajó las escaleras. Tardó unos minutos en encontrarlo. Estaba en la terraza de la sala de estar. Los nervios se le agarraron al estómago y el corazón se le desbocó, pero se obligó a acercarse a él.

—Hola —dijo al salir a la terraza.

Él alzó la cabeza bruscamente, como si lo hubiera sobresaltado.

—Lo siento —dijo ella, sentándose en el borde de la silla que había al lado de la de él—. No debería haberme marchado así.

—Te he estado llamando.

—Tenía el móvil apagado.

Él asintió y ella continuó hablando.

—Tenías razón: mi reacción fue excesiva. Quiero decir, que no hubiera debido sorprenderme que...

—Creía que no ibas a volver —afirmó él con expresión sombría.

—Ya te he dicho que reaccioné de manera exagerada. Supongo que necesitaba algo de tiempo, unos kilómetros de distancia para poder pensar con claridad. Tenemos un trato y estoy dispuesta a cumplirlo.

—¿Estás dispuesta a ser mi esposa?

—Sí, y la madre de Eli y Heidi. Lo mejor es que sigamos juntos.

Inesperadamente, él le agarró la mano y le acarició los nudillos con el pulgar. Ella quiso soltarse, ya que le resultaba doloroso que la acariciara.

—No puedo —la voz se le quebró—. Creo que no debemos seguir durmiendo juntos —susurró.

Él dejó de acariciarla.

—Ha sido un error —añadió ella—. Sé que fue

idea mía, pero fue un error creer que no complicaría las cosas.

—A mí me pareció que tu lógica era implacable.

A ella también se lo había parecido, pero eso había sido antes de que se interpusiera su corazón. Había arriesgado su corazón y lo había perdido. Y sabía que le esperaban días muy dolorosos hasta que pudiera superar lo que sentía por T.J.

—¿Te puedo enseñar algo? —preguntó T.J.

—Claro. ¿El qué?

Él se levantó sin soltarle la mano.

—Por aquí.

—¿Vamos a marcharnos? ¿Está Kristy?

—No está y no vamos a marcharnos —cruzaron la sala de estar y el salón y llegaron al vestíbulo para dirigirse al dormitorio de T.J.

—No, T.J., no puedo —dijo ella deteniéndose.

—Te prometo que todo va a salir bien.

Ella negó con la cabeza al tiempo que intentaba soltarse de su mano.

—Sage —él le acarició la mejilla—, confía en mí. No voy a volver a hacerte daño.

—Fue culpa mía, no tuya.

—No, fue culpa mía. Y voy a resarcirte.

Sage tragó saliva y los ojos se le llenaron de lágrimas.

—No puedo entrar ahí.

—Ella ya no está, Sage.

Sus palabras carecían de sentido. Sage tenía que marcharse, huir de todo aquello.

—Lauren se ha ido de mi habitación y de mi corazón —T.J. esbozó una leve sonrisa—. De casi todo mi corazón, ya que siempre querré lo que hubo entre nosotros. Pero eso es el pasado. Ven a ver.

Emocionada, Sage pensó que nunca podría dejar de quererlo.

Él la tomó de ambas manos y la condujo hasta la habitación.

—Tú eres mi presente, Sage.

La luz estaba encendida y Sage contempló lo que había hecho.

—No tenías que…

—Y eres mi futuro si me aceptas. Te quiero, Sage.

Ella lo miro sin creer lo que había oído.

—¿Cómo?

—Te quiero mucho —afirmó él sonriendo—. Si no estuviéramos ya casados, te pediría que nos casáramos ahora mismo. Nunca pensé que pudiera sentirme así. Quédate conmigo —señaló el dormitorio—. Quédate aquí, conmigo, todas las noches, siempre. Tengamos hijos y llenemos la casa de amor y alegría. Es decir, si es lo que deseas. Si…

—¿Si te quiero? —preguntó ella sintiendo que la alegría iluminaba el mundo—. Te quiero, T.J. No era mi intención, pero me he enamorado de ti.

Él la abrazó y la levantó del suelo.

—Debiera haberme dado cuenta.

—¿De que te quería?

—No, de que yo te quería. Cuando te vi con la hija de Caleb en brazos, me dije que era una imagen perfecta. Quise que tuviéramos un hijo, otro hijo.

—Más hijos.

—¿Te parecería bien? —preguntó él.

–Mamá…

Sage se volvió. Era Heidi y era la primera vez que la llamaba así.

–Dime, cariño –Sage se separó de T.J. y apoyó una rodilla en el suelo.

–He tenido una pesadilla.

–Lo siento, cielo.

T.J. se agachó al lado de ambas.

–¿Quieres que papá suba contigo y te lea un cuento?

La niña asintió.

–Vamos –T.J. la tomó en brazos y, después, agarró a Sage de la mano.

Ella apoyó la mejilla en su hombro mientras echaban a andar.

–Eres el mejor papá del mundo –le dijo.

Heidi lo abrazó.

–El mejor papá –murmuró.

–Os quiero a las dos –dijo T.J.–. Os quiero a todos.

# Bianca

**Contratada por su enemigo… y,
sin embargo, tentada a decir "sí, quiero"**

## TRAMPA DE AMOR

## MICHELLE SMART

El multimillonario griego Andreas Samaras no tenía un pelo de tonto y su nueva empleada, la bella Carrie Rivers, una periodista de investigación que se hacía pasar por empleada doméstica, estaba jugando a un juego muy peligroso. La tendría a sus órdenes hasta que pudiese quitarle la máscara…

Pero una vez descubierto el engaño, solo había una manera de proteger la impecable reputación de su negocio: chantajear a la inocente Carrie para llevarla al altar.

¡YA EN TU PUNTO DE VENTA!

# Acepte 2 de nuestras mejores novelas de amor GRATIS

## ¡Y reciba un regalo sorpresa!

## Oferta especial de tiempo limitado

**Rellene el cupón y envíelo a**
**Harlequin Reader Service®**
3010 Walden Ave.
P.O. Box 1867
Buffalo, N.Y. 14240-1867

**¡Sí!** Por favor, envíenme 2 novelas de amor de Harlequin (1 Bianca® y 1 Deseo®) gratis, más el regalo sorpresa. Luego remítanme 4 novelas nuevas todos los meses, las cuales recibiré mucho antes de que aparezcan en librerías, y factúrenme al bajo precio de $3,24 cada una, más $0,25 por envío e impuesto de ventas, si corresponde*. Este es el precio total, y es un ahorro de casi el 20% sobre el precio de portada. !Una oferta excelente! Entiendo que el hecho de aceptar estos libros y el regalo no me obliga en forma alguna a la compra de libros adicionales. Y también que puedo devolver cualquier envío y cancelar en cualquier momento. Aún si decido no comprar ningún otro libro de Harlequin, los 2 libros gratis y el regalo sorpresa son míos para siempre.

416 LBN DU7N

| | |
|---|---|
| Nombre y apellido | (Por favor, letra de molde) |
| Dirección | Apartamento No. |
| Ciudad | Estado | Zona postal |

Esta oferta se limita a un pedido por hogar y no está disponible para los subscriptores actuales de Deseo® y Bianca®.
*Los términos y precios quedan sujetos a cambios sin aviso previo.
Impuestos de ventas aplican en N.Y.

SPN-03

©2003 Harlequin Enterprises Limited

# Bianca

**"No deberías quedarte sola esta noche".
Aceptar su propuesta llevaba a
una pecaminosa tentación…**

## RESISTIÉNDOSE A UN MILLONARIO

### ROBYN DONALD

Elana Grange estaba predispuesta a que le cayera mal Niko Radcliffe… ¡su reputación de magnate arrogante le precedía! Así que no estaba preparada para aquella personalidad apasionante y carismática. La intensa química que había entre ellos le provocaba oleadas de conmoción, sobre todo cuando se vio obligada a aceptar su ayuda. Elana sabía que en brazos de Niko encontraría el éxtasis, pero dejar que se acercara tanto le parecía muy peligroso…

¡YA EN TU PUNTO DE VENTA!

*¿Cómo iba a luchar contra un hombre con tanto
dinero, con tanto poder y con un encanto
al que no era capaz de resistirse?*

# PASIÓN JUNTO AL MAR

## ANDREA LAURENCE

Un error cometido en una clínica de fertilidad convirtió a Luca
Moretti en padre de una niña junto a una mujer a la que ni siquiera
conocía. Y, una vez que lo supo, Luca no estaba dispuesto a
apartarse de su hija bajo ningún concepto, pero solo contaba
con treinta días para convencer a la madre, Claire Douglas, de
que hiciera lo que él quería.
Claire todavía estaba intentando superar la muerte de su marido
cuando descubrió que el padre de su hija era un desconocido. Un
rico soltero que no pensaba detenerse ante nada para conseguir
la custodia de la niña.

¡YA EN TU PUNTO DE VENTA!